# 诗季少年

许侃 著

花山文艺出版社

**图书在版编目（CIP）数据**

诗季少年/许侃著. —石家庄：花山文艺出版社,2016.8

ISBN 978-7-5511-2917-6

Ⅰ.①诗… Ⅱ.①许… Ⅲ.①长篇小说—中国—当代 Ⅳ.①I247.5

中国版本图书馆CIP数据核字（2016）第165781号

书　　名：**诗季少年**

著　　者：许　侃

责任编辑：刘燕军

责任校对：齐　欣

美术编辑：胡彤亮

出版发行：花山文艺出版社（邮政编码：050061）

　　　　　（河北省石家庄市友谊北大街330号）

销售热线：0311-88643221/29/31/32/26

传　　真：0311-88643225

印　　刷：三河市华东印刷有限公司

经　　销：新华书店

开　　本：710×1000　1/16

印　　张：12.5

字　　数：200千字

版　　次：2018年1月第1版

　　　　　2018年1月第1次印刷

书　　号：ISBN 978-7-5511-2917-6

定　　价：45.00元

# 目录

# 第一章

十八岁，是一个美妙的起点。我至今还记得金果红唇白牙，特写镜头般的口形：先将上下齿支起，舌尖翘起，发出象征立志的"十"；然后上下唇打开，发出爆破音"八"；最后嘴唇收拢，好像细水长流，发出悠久绵长的"岁"。仿佛品尝一块舍不得一下子吃掉的精美糕点一样。

我十八岁踏上甲板，成为一名水手。在江堤上，我初识了三叶草。听说如果找到有四片叶子的三叶草，就能找到幸福。可我还没见识过什么是三叶草。当我在江堤上漫步，看见斜坡上那一大片蓬松的草毯，仔细观察发现每株都生着三瓣猫耳朵般的叶子，陡然醒悟过来，这便是三叶草呀！此时我的惊喜是可想而知的。我在那一大片草叶间耐心寻找着，期待着发现预测我未来幸福的第四片叶子。忽然，一条水蛇从草丛深处爬出来，吓了我一跳。水蛇的眼睛晶亮，像两粒碧绿的琉璃珠子。没等我缓过神来，它便急急地溜走了。这时，我听见同学曹志高在不远的码头上叫我。交通艇来了，我们要登船了。

这一年的冬天，我从河校毕业，分配到长航南京分局。和我分到同一条船上的，是轮机班的曹志高。分局大院原来是一个旧车场，围墙的红砖一抠就往下掉末末儿。开完分配会的同学们乱哄哄的，像一群无头苍蝇，相互找寻分到同一条船上的伙伴。我和曹志高此前并不认识（我们那一届驾驶和轮

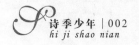
机各有三个班，我是驾驶班的，曹志高是轮机班的），大个子马军介绍我们认识了。马军初中和我同班，在河校与曹志高同班。在他的引荐下，我们同时喊出了对方的名字。

"呵呵，你是曹……"

"嘿嘿，你是杨光！"

曹志高十分热情地和我拥抱，这个胖墩墩非常结实的家伙把我抱得很紧，让我感觉到自己瘦而硬的骨头。这么强烈的表示，让我有些不好意思。我是个腼腆木讷的人，但我马上就喜欢上了这个活泼快乐的伙伴，有这么一个同学和我分到同一条船上，让我心里对陌生的前程有了一丝底气。

马军外号"马脸"，人长脸也长。他像一匹高头大马出现在牛市上，手指稀罕地夹着香烟，把胳膊肘搭在我的肩上，很帅气地对曹志高说："志高，杨光是我的老乡，也是驾驶一班的才子哟。"

"我知道，我知道，五四青年节，诗歌在全校获过奖的。"

"过奖，过奖。"

"不是过奖，是获过奖。"

"哪里，哪里。"

"你就不要老头过河拉胡子——谦虚（牵须）了。"

大家都笑起来。我有些冒汗，颇不自然。我不习惯别人当面夸奖，因为不知道如何恰如其分地说些客套话，内心对别人的好意是颇为感激的。太阳照着兴奋的人群，喧闹的暖流直逼得冬天里流露出小阳春的气象来。

傍晚，我们三个人到河校后门外的河漫滩散步。沿着河堤信步走去，带着年轻人毕业时常有的那份憧憬，观赏西天转瞬流变的晚霞，就像我们内心那些不确定的念头，有一种青春易逝的伤感。

江堤下的河漫滩里种着一些柳树。夏天柳树们泡在水里长出许多红色的根须，到了冬天，水退下去，那些根须暴露在空气里，好像柳树长出的红胡子。江水退了，通往码头的浮桥不再漂浮，浮桥下的浮鼓搁浅在龟裂的黄泥地上，仿佛做着在水面上自由荡漾的梦。眺望西天，太阳像一团咸鸭蛋的鲜红蛋黄，散发着氤氲热气，给水中的芦苇丛罩上一层红亮的纱幕。这是一个静谧蕴藉的时刻，风景美丽得好像一幅画。比画更生动，它绝非一成不变，而是悄悄地流转生灭，暗自幻化出新的美景来。

在江堤上我们遇见四个戴校徽的大学生，两男两女，从三汊河汇入长江的河口埠头迎面走来。马军挨近他们，歪着头想认清他们戴的校徽上的名字，结果却惹起误会。

"看什么看？"一个胸脯凸挺的女生斜睨了马军一眼，以为他居心不良。

马军梗起脖子，不屑地说："神气得你！"

一个男生停下脚步，骄傲地责问："你，干什么的？"

马军说："不就是大学生吗？有什么了不起！老子们是船员，水手！"

我和曹志高走在前面，听见发生了口角，回过头来拉马军走。

另一个男生轻蔑地叽咕了一句："嗬，原来是水和尚。"这句话引得四个大学生一齐笑起来。

马军的火爆脾气一下子发作了，他伸手揪住那名大学生的衣领，把他推搡得连连倒退。

一场打斗猝不及防地发生了。准确地说，是两名男生围殴马军。即使是二对一，对方也没占到便宜。因为一来马军身高臂长，二来他还是个练家子。我和曹志高名义上是劝架，嘴里说："住手，都住手。"拉架时难免有所偏向。而那两名女生只会站在一旁喊："别打啦，别打啦。"一点儿忙也帮不上。

当我抱住马军，把他推开火线，大学生们明明吃了亏，也没再冲上来。只是他们嘴里不肯善罢甘休，叫骂连天，嚷嚷个没完。

曹志高心平气和地跟他们讲道理，说："你们是有知识、有涵养的，大学生嘛，何必跟我们一般见识。"

那两名女生应声道："哎，这话说得还差不离。"

马军的拳头又攥紧了，我赶忙把他推得老远，说："你不至于去打人家

女生吧。"

好不容易制止了这场斗殴。检点一下，双方除了衣衫不整，气息粗重，并没有明显挂彩的痕迹。既然损失都不大，双方分头走自己的路。走出很远，回头看看那四名远去的大学生的背影，我们三个人——曹志高、马军和我一时间都陷入了沉默。

"哎——水和尚。"曹志高叹息道。

"水和尚怎么啦？和尚在梵语里本来是师傅的意思。"我说。

"你就不要打肿脸充胖子了。"马军说。

我们三个人嘿嘿地笑起来，那是一种无奈的笑，皮笑肉不笑，自己摸摸脸，好像能揪下一层蜕皮来。真想不到，我们这些社会底层的小水手，地地道道的丑小鸭，会跟被称之为"天之骄子"的大学生打上一架。而这竟然成为我们踏上人生起点的一个留下记忆的事件。

马军和我一同考入河校，原本也分在驾驶专业，可是他执意改学轮机。为了证明他的选择正确，曾眉飞色舞地跟我转述过一个笑话：轮机老师在课堂上讲解发动机的工作原理，说汽缸压缩到一定程度，火花塞就点火了。因为全班是清一色的男生，老师讲课又比较风趣，便拿男性的阳具做比喻，他说："这种过程就像你们的小钢炮，在梦里翘啊翘，翘到一定程度，就喷油了！"马军讲这笑话时，兴奋得抓耳挠腮，那种淋漓尽致的畅快，把他那张长满青春痘的马脸完全点亮了。

不幸的是，"马脸"没有像我和曹志高一样分配到拖轮上，而是被分配在驳船上。

"哎呀，马脸，驳船上人少，太寂寞了。"我说。

"无所谓。"马军说，把手里的烟头弹了出去，"我爸说了，反正我是要调回家乡去的。"

说到这里，必须介绍一下马军的父亲。他是部队团参谋长，转业到我们那座小城，在人武部当官，好像是负责挖防空洞的。那是一个很帅的高个子男人，保持着良好的军人风度。他曾被我们的班主任，一个穿着洋气的大连籍女教师邀请来班上做过几次报告，讲福建前线抓空降特务的故事，讲得很精彩，把我们都迷住了。马军转学到我们班，年龄比我们大两岁，成绩又不好，他父亲特别关照班主任，要求找一个成绩好的男生跟他结成"一帮一，一对红"的对子，班主任就安排了我，每天放学后到他家去做作业……总之，那是一个很有魅力，很会来事的男人，他一定给马军安排好了后路，所以马军对眼前的分配漠不关心。

"其实，驳船有驳船的好处，相当于世外桃源。"曹志高说。

听曹志高这样一说，马军的长脸变得短了一点儿。曹志高的话显然让马军更爱听，而我的真话却让马军感觉不快。我感到曹志高的说话水平就是比我高。

"你俩要去的那条船，什么船号来着？"马军问。

"长江 2057 号。"我说。

"别忘了跟我们通信。"曹志高说，他的语调透着真诚，总是恰到好处地表示自己的友善与热情，这种天性让人暗生钦佩。

马军先走一步，前往设在仪征的驳船基地。我们与马军握手告别，马军扒上了卡车，在车上朝我们招手。我和曹志高站在分局大院门前，把手举过头顶摇晃着，有一种依依惜别的情意在我们的头顶盘旋。门口是一片沙土地，卡车卷起一阵风拐上了大路，我们被罩在扬尘里，尘埃迷住了眼睛。

等待长江 2057 号到港，我们住在分局大院招待所。分局刚刚草创，大院是旧的汽车修理场改造的，墙角旮旯还遗弃着废旧的橡皮轮胎和生锈的汽车残骸，半人高的荒草几乎把它们掩埋了。所谓招待所只是几排红砖砌的简易平房，像建筑工地上的民工宿舍似的，供赶船的船员临时借宿之用。

此时已是年终岁尾，天寒地冻，我独自坐在宿舍里读书，夜深了，感觉头痛，嗓子发干，人病恹恹的，显然是要感冒了。这时，曹志高从外面串门回来，看见我打不起精神，浑身无力的样子，说我受寒了。他转身出去借了一只水

桶，打来热水，又拎来两只暖瓶，一并放在宿舍的床前，要我跟他一起烫脚。我觉得无功不受禄，不能让人伺候，不肯听他的。曹志高非逼我烫不可，我只好把脚伸进那只铁桶，让滚烫的热水漫过小腿肚子。

我们叙了年齿。我是12月7日生人，曹志高是转过年来正月里出世。虽然相差只有个把月，我却比他大了一岁。但我这做哥的远不如老弟生活经验丰富。他跟我一边烫脚，一边絮叨。他说："我们家乡有句俗话，叫作——富人吃药，穷人烫脚。谁有个伤风感冒什么的，没有条件买药，烫烫脚非常管用。"

我清楚地记得他说这番话时的腔调，他说烫脚不念"jiǎo（脚）"，念"jué（橛）"；吃药不念"yào（药）"，念"yuè（阅）"。大概是他们老家的乡音吧，听起来别有一种特殊的味道。

他还跟我说起他们家乡"赶肉"的情景。所谓"赶肉"，就是到山林里去围猎野猪。其方法是：妇女和小孩把住山口只管敲盆打锅地起哄，不叫野猪从这边逃跑，寂静的一面埋伏着手持猎枪的山民，等候着受惊的野猪夺路而逃。有一次他们打到了一头野猪，从野猪的胸腔里扒出热乎乎的猪肝，父亲逼着他吃了一碗，闹得他从此以后看见猪肝就反胃。我疑心是那极有营养的东西，养成了曹志高小牛似的体格。

我没有他那样有趣的生活，便跟他讲屠格涅夫《猎人笔记》中的故事。书上看来的毕竟不如生活中的鲜活，可是曹志高依然听得很认真，友好地笑着。

我们面对面坐在各自的床沿上，两双脚插进面前的同一只水桶里。水温不够了，曹志高就拎起暖瓶往桶里续水，一遍遍地。续水时我们把脚架在桶沿上，跷起脚上的大拇指头，好像要给对方一个夸奖似的。热水直烫得我们从脚趾尖到小腿肚子都红通通的，从额头到脊背都渗出一层细汗。说来还真灵验，烫了脚，睡醒一觉，我的身心豁然清爽了。

在那个寒冷的冬夜，曹志高的形象深深地印在了我的记忆之中。他那张圆圆的脸上，左颊有一个酒窝与疤痕叠合着，我总疑心是先有那个疤，皮肤不够用了，才变成酒窝。他总是在笑，饱满的嘴头子翘起，露出两颗整齐的板牙。头发一顺地朝前，像山坡上的茅草一样。他的个头比我矮一寸，体重却笃定比我高。因为他胸脯结实得就像一颗铜光锃亮的小炮弹，而我却瘦得好像宿舍里竹制的撑衣架子。

第二天，我和曹志高拎着领来的劳保用品，以及用网篮兜着的大大小小的杂物来到河校后门外的码头上。本来预报长江2057号早晨就到，可是等到中午也没看见船的影子。我留在码头上照看行李，曹志高又去分局大院询问，得到的回答是：因为冬季业务量少，我们的拖轮开到梅子洲锚地封航了。

梅子洲在南京上游五六里外。当我们还是河校学生的时候，曾跟着水手工艺老师，为了练习推桨，划着小木船，去过梅子洲。那是春夏之际，我们把小木船靠上岸，爬到梅子洲上去，在芦苇丛中寻找野鸭窝和野鸭蛋。那是多么无忧无虑的时光啊！想起来忽然遥远了，宛如隔着一层薄纱，因为距离而产生一种美好的感觉……

要去梅子洲锚地必须乘坐交通艇，为此我们在江边等候。初识三叶草，正是这时候。曹志高在趸船上守着行李，我在江堤上漫步，无意中发现了三叶草。认出三叶草的惊讶与欣喜让我激动，但是没等我寻找到生长有第四片幸运叶子的三叶草，曹志高就喊我，说去梅子洲锚地的交通艇来了。

下午四点半，交通艇载着我们，离开了废弃在河岸边充当码头的一艘旧客船，驶向我们要去的长江2057号。我站在艇外的舷栏边，看见交通艇轻快地逆流而上，渐渐接近了梅子洲。

梅子洲上，满目萧瑟的芦苇，漫无边际地铺展在冬季的夕阳下。洲边的泥土被水冲塌了，留下一米多高的峭壁。站在峭壁边缘的一支芦苇特别修长，好像放哨的士兵注视着我们经过。

我站在交通艇外的舷栏边，看着芦苇们在夕阳的红色光霭中缓缓地向长江下游移去。心里想：啊！生活——经济上自给自足的生活；脱离了家庭和学校羁绊的生活；令人憧憬充满新奇的生活；可以自由选择学习科目和兴趣

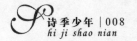
爱好的生活——就要开始了！

一只野鸭子从芦苇丛中飞起，金翠色的头，蓝翎，彩色的羽毛在阳光下熠熠生辉，呈现出金属般的亮度，仿佛一只传说中的金野鸭。金野鸭振翅飞过艇首，"嘎、嘎"地大叫了两声，清越的余音回荡在江上。

我想起跟马军打架的大学生们，他们着装整洁，清高脱俗，尤其那两位女生，漂亮的服饰简直可以与金野鸭媲美。他们才当得起金野鸭的称号！看着金野鸭渐飞渐远的矫健姿态，我在心里暗暗地下定决心：

甭管金的土的，都要活出个人样来！

# 第二章

交通艇上除了我跟曹志高，乘客寥寥无几，显得很冷清。主舱里有几排长椅，位置都空着，前舱像个澡盆那样凹下去，也有几排长椅，江风从主舱两侧的玻璃门缝里吹进来，吹得人心空空荡荡。

一名船员三十来岁，脸色苍白，眼珠鼓凸，仰靠在进门过道的长椅上，玩弄着一只小红帽。那是一顶崭新的童帽，有着长舌帽檐，十岁以下小孩戴的。他很专注地用一根手指把它杵在头顶之上，变换角度，始终让帽檐朝向自己，好像托举着一个幼儿。他的另一条胳膊平搭在长椅背上，双腿伸得老远，头半仰着，眼睛与那只小红帽热烈地交流着信息，旁若无人地沉浸在白日梦里。忽然，从他那半张开的雷公嘴里流出了一丝哈喇子。这一丝哈喇子让我领悟到他的眼神其实是呆滞的，脸色像腌得过久的灰白肥肉，有一种令人怜悯的痴相。

另一名船员二十来岁，比我和曹志高大不了多少，嘴唇上留了一抹小胡子。小胡子站在交通艇前舱的中央，前舱的顶部有一台电视机，14寸，黑白的，正在播放节目。荧屏上尽管雪花点很多，还是可以分辨出歌手是郑绪岚。信号增益，图像突然清晰起来，郑绪岚面部特写恰到好处地占满了整个屏幕。真是娇艳欲滴啊，她的嗓音丝绸般闪亮。小胡子青年吹着口哨，伴着《太阳

岛上》美妙的歌声：

> 明媚的夏日里天空多么晴朗，
> 美丽的太阳岛多么令人神往。
> ……

小胡子青年给我的印象非常硬朗，简直可以说有一点儿英俊。虽然在郑绪岚面前，说一个男青年"英俊"似乎有点儿奢侈，还有点儿唐突。

"这个小娘们儿，嫩得掐出水来。"小胡子青年说。他的眼睛瞪得像琉璃弹子，好像有谁不同意他的看法，随时打算与人掐架一样。

"她的歌，唱得就是甜！"曹志高说。他的左颊上的酒窝陷成一个逗号，一副恭维和讨好的表情。

小胡子斜睨了曹志高一眼，咬着唇髭傲慢地说："新来的？"

曹志高说："南京河校刚毕业。"

小胡子问："分在哪条船？"

我插嘴回答："长，长江2057——"

小胡子轻轻"哦"了一声，有点托大地说："我们一条船的。我姓毛，毛老头子的毛。"

他这样轻浮地提到过世仅仅几年的领袖，让我稍稍有点惊讶。

曹志高介绍了自己，甚至没忘了把我也介绍一下。看见曹志高好像一块玉米饼子找到了热锅，马上贴上去，和姓毛的青年聊个不休，我诧异他哪来那么多热乎乎的话。因为插不上嘴，我心里有一种失落的情绪。

这时，我感觉另一双眼睛仿佛一张湿纸糊在我的脸上。扭头看去，主舱里玩小红帽的水手伸长了下巴，一双呆板失神的眼睛直勾勾地看着我。他那苍白的脸庞灰暗无光，嘴角两边有一点儿白色的唾沫，越发显出一种痴相。他把小红帽放进黑色的手提包里，痴痴地问："你，你们也是长江2057的呀？"

我觉得和他交谈更胜任一点儿，就迈进主舱，说："是呀，我是驾驶部的。你呢？"

"我也是，拉索索的。"对方说。

"拉索索的？"我不解地问。

"拉索索嘛，水手嘛。"他口音很重地说，"我是四川人，叫邹竹友。"

"你刚才玩的小帽子，挺好的。"我报上姓名之后，切换了话题。

"对——头！"邹竹友又从包里掏出那顶小红帽，不厌其烦地摆弄着，让我欣赏。

"是给你儿子买的吧？"我接过来，自作聪明地猜测。

邹竹友忽然扭捏起来，马上把小红帽从我手里收走，惆怅地说："我还没结婚呢。"

"哦……"我像喉咙里被人塞了个软木，无语了。

前方已经可以看见那一大片封航的船队了。除了长江2057号，还有我曾在上面实习过的长江2029号，都是同一船型的顶推轮，一共有五六艘之多，它们挨排着，像火烧赤壁时的连环阵那样用粗壮的钢丝缆绳维系成一个整体，静静地锚泊在梅子洲畔的江水中。

交通艇的橡皮靠垫触及硬物，滞了一下，明亮的舷窗被高高的船舷遮蔽，暗了下来。抬眼看去，交通艇已经靠上了封航在锚地的船舶。我们一个个跨过船裆，上了大船。邹竹友很殷勤地为我拿行李，一副老好人的模样。曹志高与姓毛的船员聊得那么热乎，毛船员却什么也不帮他拿，自个儿甩着手上了船，连招呼也不打，就消失在船舱的门口。

因为封航，船员们纷纷回家了。第二天船上连伙房也停开了，留守的船员要自己做饭吃。我和邹竹友同住在最底层的水手舱，原来四个人的舱位现在只住我们俩。邹竹友对我的到来显示出莫大的兴趣，他主动借给我一斤面条，还说他的罐头瓶里的猪油可以随便取用。他对我问长问短，话一多，嘴角就堆起白色的唾沫。

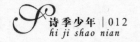

日子过得清汤寡水。我和曹志高两人搭伙，轮流做饭。一连吃了几天清水下面条就榨菜疙瘩，或者是榨菜疙瘩就白米饭，吃得嘴头子上火，嘴唇皱裂起了皮。还没到发薪水的日子，邢大副从船上的备用金中预支了16元钱给我。拿到钱的当天，我和曹志高搭乘交通艇上岸，来到下关的宝善街上，花了2块钱，吃了一盘非常油腻的卤鸭。

鸭皮连着很厚的肥膘，咬一口，油滋滋地汪了满口的油水。那滋味实在太鲜美，感动得我们眼睛里都冒上水来，好像大旱逢甘霖的枯井。凡是瘦人一般不爱吃肥肉，我也是。可是如果连蔬菜也没得吃，吃咸菜吃到上火，卤鸭的肥膘就成了既美味又清火的上品佳肴。

吃饱了饭，我们在宝善街电影院看了一场电影，是当时颇为轰动的印度著名影片《流浪者》。拉兹的非凡身世和风流偶傥引得我们不胜唏嘘。走出电影院，我和曹志高嘴里都在哼哼着《拉兹之歌》："阿巴拉咕——，呜，呜呜呜，阿巴拉咕，雅根及其梅西阿巴拉咕，呜呜呜，阿巴拉咕——"

歌词翻译过来，大意是："到处流浪，到处流浪，命运唤我奔向远方，奔向远方……"那种如泣如诉的呜咽在我们心里产生共鸣，哼哼着仿佛自己也成了拉兹。艺术的魅力在于无形中潜入人们心灵深处，改变着一个人的气质甚至于思想。

在船上，船长被称作"老板"。大副地位次于船长，是驾驶部的行政领导。轮机部的行政领导是轮机长，俗称"老轨"。初听船员叫轮机长"老轨"，我们还以为是"老鬼"，惊讶怎么敢当面骂人？时间长了才知道，"老轨"是轨道的"轨"。水手分为一级水手和二级水手，简称一水和二水。一水又叫"舵工"，二水是带缆绳的普通水手。轮机部相当于一水和二水地位的叫"机匠"和"加油"。我和曹志高从最低的职位做起，我是"二水"，曹志高是"加油"。

曹志高每天要值班照看电机。封航中电机的噪音与开船时主机的轰鸣比起来温柔多了，简直就是小夜曲与摇滚乐之分。但即使是小夜曲，整日在耳边唱也是不好受的。何况机舱是在暗无天日的甲板下面，听着嗡嗡的噪音又见不到阳光，一天八小时坐下来真够他受的。与曹志高相比，驾驶部的水手值班就阳光多了。我可以坐在驾驶室里听音乐，也可以在船头船尾到处晃悠，享受着明媚的阳光与清风。我感叹：大自然的馈赠太慷慨了，远远超越了人类文明所自以为是的成就，简直是一种无与伦比的造化。

船上好玩的事儿不少。有些事其实也谈不上好玩，只是空虚寂寞中的瞎胡闹，习惯了也就腻歪了。但是对于才上船的我们来说，还是新鲜刺激大于乏味无聊……

我把看到的和听到的说给曹志高听，曹志高捂着嘴笑，说这有什么稀奇，我见过比这还可笑的呢。他卖关子似的没有马上跟我亮宝，其实我也没心思打听。这种格调低下的场景跟我的精神生活有着极大的距离，让我一时间有一种不真实的梦幻般的感觉。

冬季的阳光静静地照耀在浩瀚的大江上，给平缓流动的江水铺上一条金鳞闪亮的锦被。船儿仿佛睡着了，大地也睡着了，河流的波浪发出均匀的呼吸。天地间只留下几只沙鸥，飞舞在船尾的水面上，随着波浪起伏做节奏一致的上下翻跹。它们啾啾的叫声，使世界显得倍加安宁。

我搬了一把折叠椅，坐在船尾的甲板上。我不是正常坐法，而是反转身来，双腿插入折叠椅的空档，让椅背抵着胸脯，双臂抱着椅背，躬起身子在膝头上写一种叫"诗"的文字。在这样一个无风的午后，暖和的阳光晒着我的背，机舱里传来电机嗡嗡的鸣唱，好像催眠曲一样。如果有一两句好诗从脑海里冒出来，就仿佛是上天给我的奖赏了，这时我就听见了沙鸥兴奋的叫声。

放眼望去，不远处的梅子洲上，从干枯的芦苇丛中飞起三两只野鸭子。逆光中，它们黑色的身影在天幕上划出优美的弧线，好像要巡视一下自己的领地似的。当看见一切正常，它们又盘旋着飞落于参差错落的芦苇丛中去了。

有风的日子，大江上的空旷仿佛借给风力一双长腿，没有关紧的舱门又给它添了一条嗖嗖作响的鞭子。甲板上是待不住的。这时，我就坐到驾驶台上，关紧左右门窗，不留一丝缝隙。长驱而过的风在瞭望窗的扫雪器上刮出忽隐

忽现的哨音，细细的，悠长悠长的，像个怨妇在遥远的黑暗中幽幽地泣诉，不敢大声，反而增加了舱里静谧的感觉。在这种氛围下读书趣味良多，尤其令人遐想，想到一些不可思议的场景。

驾驶台上有一把高脚椅子，椅面齐胸高，开船的时候由船长或大、二、三副坐在上面，举着望远镜瞭望，喊出威严的舵令。封航的时候驾驶台上用不着引水，让我这样的小水手也有机会坐在高脚椅子中，将一只脚搭在离地一尺高的横档上，跷着腿，其乐融融地读着小说或诗歌。

这样的场景给人一种不真实的感觉，仿佛一个美丽缥缈的梦境。又好像一个饥肠辘辘的汉子梦见一枕黄粱。它使我相信，哪怕再暗淡的生活也有美的存在。更美的是，在这样的氛围里，我受到了文学熏陶。

我记得当时最为流行的诗句是："卑鄙是卑鄙者的通行证，高尚是高尚者的墓志铭。"

而我最钦佩，以为写得最精辟而又精粹的诗句是："黑夜给了我黑色的眼睛，我却用它寻找光明。"

这样的句子实在是不可多得的精彩！它们给人思辨的力量或口齿上的快感，抖机灵的成分更大于扎扎实实的形象思维所带给人的文学感染。换句话说，我对它们十分佩服却不甚感动。最让我动情并体会到文学魅力的，还是诗人舒婷的《致橡树》：

> 我如果爱你——
>
> 绝不像攀缘的凌霄花
>
> 借你的高枝炫耀自己；
>
> 我如果爱你——
>
> 绝不学痴情的鸟儿
>
> 为绿荫重复单调的歌曲；
>
> ……

　　读这首诗给我莫大的喜悦。虽然后来有人评价它有点儿媚俗，或者说它脱胎于裴多菲的一首诗。但是说什么也无法抹杀彼时彼刻，我从阅读中得到的美感和快乐。我那时非常崇拜舒婷，觉得她写得好极了！连她的名字都让人回味再三，含英咀华：舒——婷——听听，多么美妙，像夜莺一样。

　　除了中国当代诗人的作品，我还从家乡同学手里得到一本无头无尾的发黄的外国诗集。不仅没有封面和封底，连前后都少了许多页。之所以断定它是外国诗，是因为诗行中那些外国人名或地名。诗行非常整齐，读来就像歌谣一样富有节奏感，其中关于爱情的咏叹，那些灼热而抢眼的诗行，令我心潮起伏。那本书像一团用旧的棉纱那么柔软泛黄，装订松弛，纸张酥脆，中间还有几张旧的水彩插图，给那些诗增色不少。几年后，当新版的海涅《诗歌集》出版，我才知道那是一本旧版的不知什么年代印刷的海涅诗集。

　　对海涅的喜爱不及我对裴多菲的敬仰。裴多菲那首"生命诚可贵，爱情价更高，若为自由故，两者皆可抛"的小诗尽人皆知，更令我欣赏的是，电影演员达式常朗诵的裴多菲的《我愿意是急流》，那首诗给了我巨大的感动——

　　　　我愿意是急流，
　　　　山里的小河，
　　　　在崎岖的路上，
　　　　岩石上经过……
　　　　只要我的爱人
　　　　是一条小鱼，
　　　　在我的浪花中
　　　　快乐地游来游去。
　　　　……

达式常的朗诵令我整个身心为之震颤。因此，后来在上海的书店里，看到有上、下卷的《裴多菲诗选》上架时，我一见书名，便毫不迟疑地买到手里。

无论是裴多菲、海涅还是舒婷，都给过我美妙的文学享受……

尤其是舒婷，她让我觉得文学不是贵族殿堂里的凌霄花，而是寻常人家篱笆上的牵牛花。那种蓝色的小喇叭一般开放的牵牛花，连放牛娃都可以任意摘取。出于感恩的情愫，我甚至给自己想好了一个笔名——舒鸿。幻想有一天，我就像一只展翅飞翔的鸿雁舒展自由地翱翔在文学的天地之间。

太阳沉落了。天空中飞来无数的蝙蝠，仿佛是从那一片苍茫的芦苇丛中钻出来的，它们在江面上翩翩飞舞，渐飞渐近，竟像一些硕大的黑蝴蝶，翻动在天色微冥的紫色霞光中。偶尔有一只大胆的，飞得那么近，张开双翅在我眼前掀风，正对着西天最后一抹亮色。于是，便看见那张开来的半透明的皮翼和清晰的筋骨。只见它欣欣然，卖弄风骚似的一拧身，打个折儿，钻进远处的一群里，分辨不清了。

我站在驾驶台外悬空的瞭望架上，兀自陶醉在这种文学观察里，忽然有人从身后猛推了我一把，让我惊讶要从舷栏边飞出船外，却被那人一把连栏杆抱住了。一个声音在我耳边炸响："哈哈，又做白日梦了。"

我吓出一身冷汗，回头见是曹志高，说："捣蛋鬼，没得命哦。"

曹志高双手搂着我的肩，说："我到处找你，原来你躲在这儿酿屎——"

"去你的！你才酿屎。"我骂道，"找我干吗？"

曹志高嘿嘿笑，说："你还不快谢我。"

我说："弄什么鬼？有一出没一出的。"

曹志高说："我跟船干们诉苦，说我们吃咸菜疙瘩吃伤了，没个犒劳，想回家打牙祭。轮机长同意放我几天假。正好邢大副也在，我帮你求情，邢大副也同意了。我们可以回家啦。"

我说："小猫咬尾巴，自吃自。反正一年就那么52天工休假，早休晚不休。有什么可高兴的。"

曹志高小声地对我说："你不知道，封船期间休假在计算天数时是可以打折的。傻瓜！"

我听他这样一说，才真的高兴起来，说："你说的当真？那——我们什么时候走？"

"看看，看看。"曹志高点着我的鼻子，"一说到回家，沉不住气了吧。"

"你不也一样！"我在他肉墩墩的胸脯上回敬了一拳。

我们俩同时爆发的大笑，把一只蜡嘴黄爪的白色鸥鸟吓了一跳。它"啾"地叫了一声，身体一翩趷，赶紧离我们远一点儿。

# 第三章

　　江南的雪可真难得啊，尤其是下了不马上化掉的雪。一年之中也就那么一两场吧？我回到家乡的时候，正赶上这年冬天的头一场大雪。它给我的行走造成麻烦，可我还是很高兴，提着长航南京分局发的火狐色小皮箱在雪地里一步一滑地朝家走着。

　　来到自幼熟悉的我家门前的小街，街道两边是萧索的法国梧桐，粗壮的枝干上积了一层厚厚的雪，连树上悬挂的毛毛果都变成了白色的。街道中段有一棵老高的香椿树，香椿树的下面，有一家废品收购站，油毛毡搭的檐篷被大雪压着，显得更加低矮了。

　　走过收购站，我遇见一位初中女同学。她穿一件碎花的布面小棉袄，脖子里结着一条红纱巾。虽然朴素，却掩不住苗条身段发育成熟的性感。她迈着小鹿一般的弹性步子迎面走来，有无限青春活力蕴藏在她窈窕的身体里。我不禁想起高尔基小说里的一句俄罗斯民谣："十九岁的姑娘，戴什么帽子都漂亮。"是啊，她穿什么衣服都掩不住她的青春魅力。

　　"啊，焦金果——"她的美丽宛如阳光眩晕了我的思想，刹那间，我几乎失忆到没能及时叫出这个名字。

　　"杨光，你回来啦。"她一张嘴，红红的嘴唇里露出一排晶莹如玉的牙齿，我还从来没有看见过这样动人的皓齿。

"是啊，你现在在哪？"我说。

我初中毕业考上南京河运学校，她是知道的。她上了高中，没考上大学，以后就不知道了。从她的神情里，我明白我问了一个唐突的问题。因为她有点儿难为情地指了指我身后的废品收购站，小声说："我顶了妈的职，就在这儿上班。"

她那血色鲜丽的脸庞因为羞涩变得更加红润，红得像喷薄欲出的朝霞。我虽然为自己的愚蠢问题万分抱歉，但它无法与我的兴奋和快乐同日而语。我像喝酒喝得微醺的马车夫那样舌头打结，语无伦次："好的，好的。"——也不知道好的什么。

头脑在这一瞬间好像失控的飞车，又好像真空似的。因为想不起来更多的应酬话，也没有勇气驻足攀谈，我们就这样相互擦肩而过。走过去之后，我几乎本能地回头张望，发现她也正巧回过头来。这一刹那的惊心犹如被一只七叉犄角的梅花鹿顶了。看见她急忙扭回头去，我难以收住自己的视线。她回首凝眸的那个镜头在我心中定格，我突然体会到一种模模糊糊的情意，它像一阵突如其来的洪水漫过了我的头顶。

焦金果，这个名字因为出色，给我们才上初中的新鲜劲儿增添了一分快乐。放学路上，三四个顽皮猴儿跟在她的后面，领头的大宝喊："一、二、三。"大家便一齐在嘴里嚼她的名字，"焦、金、果！焦、金、果！"像吃一个津津有味的东西。焦金果像受惊的小兽那样，一副惶恐不安的样子，又好像一条壁虎，贴着校园的围墙往前紧走，拐过一个弯，迅速地一溜烟逃走了。等我们来到拐弯处，看见她已经跑得只剩下一个背影儿。

初中三年，除了刚开始嚼她的名字玩儿，焦金果并没有真正引起我的注意，她像一棵小草，普普通通，平平常常。那时候，男孩子还没有发育，女孩子发育了也并不显山显水。暑假里办学习班，我们因为家住得较近，分在一个小组。在大宝家做作业，坐着小板凳，我伸懒腰时一出手，触到

一团柔软,好像用拳头揉面,面团对拳头的反作用力似的。那是一种触电的感觉,我心知有异,回头见是金果,她手上拿一个本子,正想凑上来问一道题。她的饱满的胸脯被我无意中捅了一下,轻轻地叫了一声,并不是呼痛,而是一种难以言传的娇羞。望着金果双手呵护在胸前,满面绯红的样子,那一刹那,我只觉得心头鹿撞,嗓子里一阵腥甜。青春的头一次感动大概就是这样发生的。只是我们都还不懂,这件事作为一个意外插曲,像一道闪电,并没有点燃篝火,也没有带来倾盆大雨,只是在暗夜里忽闪了一下,就过去了……

回忆总是甜蜜的。入夜,我在自家的小床上辗转反侧,回味白天遇见金果时那难忘的一幕,连带把多年前的往事都给翻晒出来了。缘分哪!回来后遇到的头一个熟人就是她。要不是这场邂逅,我差不多已经把金果给忘记了。雪地上的粉红色纱巾是那样轻盈,像一团火苗儿燃起了我对金果的满腔热情。我春心难耐,伏在枕头上写了一封情书。我把这封情书揣在怀里,等待着找一个机会交给她。

这个机会说来就来了。

晚上,我去看电影《玉色蝴蝶》,在前往人民会堂的小街上突然发现了金果。焦金果和另一位女同学谢宛儿挎着膀子,亲亲热热地朝前走。谢宛儿初中毕业考上师范,此时已是小学教师。她也很漂亮,像一粒翠绿的豌豆儿那么饱满鲜艳。她们俩都是我们班上的美人坯子,但是性格不同,美丽风格也各有千秋。金果是内向的含蓄的,朴实的小棉袄和红纱巾,就像裹着一层层皮叶,顶着红穗子的嫩玉米;谢宛儿是外向的开朗的,好像一粒铜豌豆,一旦成熟就非爆裂出来不可。多年以后,我曾想过如果我最初的选择是谢宛儿,而不是焦金果,结局也许会是迥然不同的另一种样子吧?当时的我是不可能做这番比较的。我那时整个身心都沉浸在对金果的渴慕之中,眼睛里就只有她这一个太阳。

她们俩也是去看电影的。我紧走几步尾随着她们,心里构思着好几种搭讪的方案，快要到达人民会堂前的广场时，明亮耀眼的弧光灯给了我勇气，我终于向她们开腔了。想得很美的开场白，说出口来却是平庸，也老实得紧：

"你们，也去看电影吗？"

"是啊，你回来啦？"谢宛儿说。

"我也来看电影。"

"金果说你回来了，我还不信呢。"

"这不是？人在这儿呢。"

当谢宛儿这么跟我搭讪的时候，我的目光时时瞟向金果。金果露出晶莹洁白的牙齿朝我无声地笑，她的眼睛好像是会说话的，因为有谢宛儿跟我搭话，她就不吱声。一会儿工夫，我们登上人民会堂前的台阶，我超前了，她们落后一两级并排跟在我的身后。我跟她们继续说话需要侧过头来，横着上台阶。不想脚下绊蒜，趔趄了一下，金果惊呼一声："小心噢！"没等谢宛儿伸出的手拉到我，我脚下一蹦就恢复了平衡。这个惊险动作并没有让我难堪，相反表现出我的灵活敏捷。三个人都笑起来。来到检票口，谢宛儿问："你的票是几排几号？"我的票在楼上一排，而她们的票在楼下。检过票当然就分开了。

电影散场，影片里美好的爱情深深地感染着我，也鼓舞着我，让我迫切地渴望实践自己的爱情人生。我冲出熙熙攘攘的人流，匆匆来到金果她们回家必经的一个路口。路口有一排文化局办的电影画报橱窗，我就着暗淡的路灯光线装出看那些图片的样子，其实在等她们。不一会儿，她们俩就相互挽着手走过来了。

我为自己的动机有些害羞，踟蹰着不知如何开口。正彷徨间，她们已经先说话了，好像是两人同时叫我的名字，几乎分不出先后，从她们的声音里，可以听出欣喜和高兴，却没有惊讶，对我等候在此一点儿也不感到意外。这使我免除了心理上的尴尬，我愉快地答应了一声，然后便顺理成章地与她们走成一道，一道往回走。

我的嘴上说些不甚要紧的话，心里却有几分紧张。按照我想好的步骤，我们三个人中谢宛儿最先到家，接下来还有一段不长的路程，大约不到一二百米吧，留给我和金果两人。这一刻马上就来到了。谢宛儿有些恋恋不舍地和金果道了别，又朝我投来意味深长的一瞥，然后消失在自家的巷口。

我和金果拐过一个弯，走过一段上坡路。谢宛儿的离开在我俩之间突然造成一段沉默，这种沉默带着异样的惶惑，令人感觉既不安又充满希冀。在学校的课堂上我一向以发言积极著称，可是此刻我才知道，其实我是个笨嘴拙舌的人。路实在太短，我几乎来不及调整好自己的状态，就又到了分手的时候。慌乱之际，我连忙掏出在我胸口捂得发热的那封情书，喉咙几乎沙哑地叫了一声："焦金果。"

金果明显地愣了一下，不明白我想说什么。可是我什么也没有说，只是将信件杵到她的怀里。"哦。"我听见她像被烫了的小猫那样轻轻叫了一声，颤着嗓音问："什么？"

"信。"

她迅速瞥了一眼那片白亮的叠成巴掌大小的信件，一下子握过去。彼此的激动使我们再也无法多说一句话，就这样，两个人逃也似的分开了。

躺在床上，我猜想金果一定极其惊讶。这样一个偶然的邂逅，怎么杨光随手就掏出来了信，而且这信就一定是给她的呢？带着这种莫名的得意，我揣度金果此时一定正在读信，想象着她读信时的模样，品咂信中每一句话在她心中可能引起的感觉，我心里有一种在床上翻跟头的欲望。

我的人生第一封情书是这样写的：


焦金果同学：

　　如果我的这封信冒犯了你，请你不要生气，你可以把它烧掉，或者再交还给我，我衷心恳求你原谅我的直率和鲁莽。

自从分别后我又遇到你，我的心总不能平静。为了什么呢？我也说不清楚。就是写着这些字的时候，我的心也激动得战栗着，仿佛面临一场终身裁判。我们中学一同生活了三年，我还清楚地记得我俩同座时的情景。你给我留下了美好难忘的印象，它一直伴随着我的"流浪"生活，在我的脑海里时时浮现。直到我们这次见面，一种希望之火燃烧得更加炽烈、更加旺盛了。我渴望遇见你，可是一见你，我又心慌得像在怀里揣了只小兔，我觉得我真是可怜，可怜得要命。我为什么要隐瞒自己的感情呢？我为什么不能痛痛快快地把一切都说出来呢？即使你根本瞧不上我，那也没关系。我的心将永远悄悄地想念你。

啊，但愿你不要笑话我吧。我一切都向你坦白了。如果这种坦白是可笑而又有罪的话，那我事先请求你的宽恕。你要知道，你现在对于我来说，就是阳光、空气和清水。一个人有这样的生命价值，不是值得高兴的吗？

（晚上七时，我在市图书馆门前等你。来吧！）

爱您的杨光<br>1981 年 2 月 2 日

在我的故乡，处女初夜所流的血称之为"元红"，它是人生第一次，有如嫩芽出土，幼蛾破茧。这封情书是我第一次向一个女子吐露心声，也是我少年情感的"元红"。直到今天我还保存着这封情书的底稿，它纸张泛黄发脆，仿佛一碰就破的样子。那天晚上，我在心里一遍遍品味它，揣想金果对它的反应。自信起来我把自己送上了天，热度过去我又把自己贬入冰窖。

一夜癫狂，像害了一场热病。第二天清早，我踏着残存的积雪，赶在废

品收购站开门之前来到那条小街上。我在两行法国梧桐树的中间寂寥地踱步，眼瞅着它们举着光秃秃的枝条伸向天空，好像一群请求上帝怜悯的哑巴。冬天睡懒觉的人们还没有起床，小街上行人极少。可是金果马上要来上班，一定的。我必须见到她，马上。

我等不到晚上。与其再过十二个小时，在市图书馆门前等候她来或不来的判决，不如现在马上就得到一个答复。我迫切地想要知道答案。这种迫切程度犹如一块火炭灼炙着皮肉，不把它拿开就一刻不得消停。

她是否接受我的约请呢？她会给我一个什么样的答案？

蓦然，她来了，还是穿着那件碎花小棉袄，脖子里的纱巾在胸前飘成一小团火焰。想起昨晚给她递情书的事，我忽然感到十二分的害臊。真的，我的一生中从没有体验过这种令人生出甜蜜的害臊，过去没有，此后也不会再有。这种洪波涌起的害臊宛如昙花一现，刚刚绽放就老了。一个人一辈子可能只有这么一次，这就是初恋。

"你，来吗？"我激动地问。

"唔。"她唯恐我听不清，将头明白无误地点了又点。

我马上掉头跑开了，就像钻进彩云间的云雀一般。

晚上，我准时来到市图书馆门前。它与人民会堂离得不远，处于十字路口的同一象限，分别在两条交叉的路上。人民会堂那边亮堂、嘈杂，有卖各种零食的小贩和来来往往的人流；转过街角，图书馆这边则幽暗、冷清，二楼阅览室虽然还亮着日光灯，在这样寒冷的冬夜却少有人来，道路上更是见不到人影。

路旁的白杨树修长挺拔，像一排刚刚入伍的哨兵站得直挺挺的，有一种昂扬向上的精神。日光灯微弱的光线照着它们的一侧，显得枝干黑黢黢的。我在那排白杨树下踯躅，向她有可能出现的人民会堂方向张望，正有几分焦躁，忽然看见她在我意料相反的方向，从一株白杨树的后面闪了出来。

"嗨！"她快活地喊道。

我一时脑筋不够用了，不明白她是从哪里钻出来的。她一下子跳到我的身边，抱住了我的手腕。我的双手还抄在裤袋里，她好像要拔萝卜似的。

"你迟到了！"我故作严肃地说。

"什么呀！人家等你半天了。"

"咦——这就奇了怪了。"

"嘻嘻……"她笑，却不作解释。

"你说你到了，我怎么没见你？"

"我到了都好半天了。"她嘟起了嘴，带着假装出来的怨尤用眼角瞟我，又忍不住快乐地说："哎，看你焦急的样子，蛮好玩的。"

"哼。你刚才躲在哪儿？在干什么呢？"我说。

"不告诉你。"她调皮地撒娇。

我们手挽着手，斜穿过十字路口，往湖畔公园走去。公园里林子太暗，进去怕不太好，还要买票。公园门外沿着湖岸有一条蜿蜒伸展的水门汀小路，一面临水，一面是各种单位的围墙，足有好几里长。偌大的湖面白亮亮的，看上去令人放心，我们就朝这小路走去。

金果问："船上好玩吧？"

我说："当然好玩。不过——"

"不过什么？"

"你要天天在船上就不觉得好玩了。"

"唔。"金果沉思地点点头，很懂事的样子，"那你们船叫什么名字？"

我从口袋里掏出一张卡片，上面写着我的船名，还有通讯地址。"下回你给我写信，就按照这上面的写。"

"噢。"金果停下脚步，就着小路旁临水伫立的白色圆球状柱顶灯，看着卡片，煞有介事地念道，"长江两——零——五——七——"

她咬准发音一字一顿地念"2057"，让我产生新鲜的感动。因为船员们

习惯的发音是"两洞五拐"，而金果念成了"两零五七"。她念"七"时的音色特别美、嘴形尤其好看，露出一排细小整齐的糯米牙。那种神态愈发显得唇红齿白，娇憨可爱。如果念"拐"，那就毫无美感可言了。这种印象烙印在心灵上，终生难以磨灭。

长长的小路在前方引领我们，飘忽如一条玉带。这条湖畔小路妙在被围墙和湖水左右挟持，好似一条长廊。岸线弯曲有致，小路婀娜多姿。路左沿湖岸栽了垂柳，置有路灯。路右围墙割方成块，不同单位之间留下一些犄角旮旯，种了香樟树。有几株陈年老树突兀在水门汀小路的中间，修路的时候没有将它们伐去，而是保留了下来。这条小路既幽静又不过于偏僻，成为恋人们约会散步的最佳去处。

我与金果的爱情，一生中最刻骨铭心的初恋，在这条小路上缓缓展开。那种情形就好像一只小猫打开了一个线团，弯弯曲曲地向前延伸，不知道哪里是头。

第二次约会的时候，天刚下过雨。湖面开阔，空气湿润清新。小路中间那株合抱粗的老榕树，主干上有个树洞。金果背靠老榕树站着，我的双手从金果的肩上伸出去，撑在榕树干上，好像是把金果钉住了。我有一个请求，请她允许我亲一下，这个话题已经谈了很长时间了，一直没有得到她的恩准。她既不答应，也不摇头，低着下巴，眼睛含着笑意向旁边瞥着湖水，就是不肯抬头。我干着急上火，试了几次，怎么也够不着她的芳唇。我失望地放弃了进攻，幽幽地叹了口气说："唉，你就当是可怜可怜我吧！"

突然，一堵温软湿热的东西陡然贴上了我的嘴唇。我惊讶极了，刹那间不知道发生了什么，脑子里好像电线短路，什么都来不及想。她的嘴唇带着一丝咸咸的滋味，好像一枚成熟的李子表面那层淡淡的白璞。那咸咸的滋味太新鲜，太突兀，简直有点儿生猛，实在令人感动。我刚要细细品咂，她的芳唇却像一朵海葵那样翕然逃开了。

我贪婪地要求再来一次，好在有心理准备的情况下，真实地咂摸一下她嘴里那好闻的气息。金果笑着不答应，把头低得更深，目光逃避着我的追视。偶尔抬起眼来朝通向大道的路口迅速地瞟一眼。不巧得很，那边可恼地走过来一对年轻夫妇。我只好竭力控制住自己的欲望，放开金果，跟她说说笑笑迎着来人走去。心里却忍不住一遍遍回放刚才那一瞬间的感觉，就好像一场地震之后，需要有余震来不断地释放那种动能似的。

到了分手的时候，金果把一枚小小的东西塞在我的手里。

我问："什么？"

金果羞涩地用肩膀扛了我一下，说："你自己看嘛。"

我走到路灯下，打开那片薄薄的用白纸包着的东西：是一张二寸半大小的包含了金果一只肩膀的肖像。相片上的金果扭过头来，从肩膀头上凝视着我。那无疑是金果最美丽动人的影像。

作为水手，欢聚的快乐仿佛是为离别的痛苦做铺垫的。再长的假期也有到头的时候，何况我是因为曹志高说情，承蒙大副好意，被照顾回家来打打牙祭的。在农历年的边上，我必须回到船上去。尽管这时候家家户户都在忙着准备过年，游子们都往家奔，我却要回船了。

做人要识相，不能拿人家的客气当自己的福气。纵然有再多的舍不得，我也必须回船，履行回家前的承诺。

我是从港务局乘下水船走的。事前跟金果说好不要来送我，那种场面实在太伤情，还是不要来的好。我凭着船员工休证，通过客运室小门直接上了码头等船。没有想到的是，金果还是来了。她在排队等船的队伍里从头找到尾，从尾找到头，就是不见我的影子。她知道我是走了，不管怎么走的，暂时不在这个城市了。她没有跟我形容过她的焦急，也没有描述过她的心理活动。提起这次送别，她只忍不住说了一句："回去的公交车上，我都落泪了。"

听见这话，我差一点儿也落下泪来。

# 第四章

回到船上，我又回到那种与文学为伴的生活中。古人云：何以解忧，唯有杜康。我不知杜康为何物，只能以文学来消解我的苦闷与寂寞。

我沉湎于文学，虽然有乐趣，但是它就好比一件华丽的彩衣，拿它来做点缀，锦上添花是好的；拿它来御寒，指望它雪中送炭就免谈。文学让我高兴只是偶尔的事，船上的生活总而言之是单调寂寞。水手们就像滩涂上的芦苇永远在风中吟唱着单一的和声，饱受着地老天荒、无边无际的空虚。这是一种空虚却不轻松，粗糙更兼狂躁的生活。

我和曹志高上船第一天认识的小胡子船员姓毛，叫毛红光。起先他给我们的印象是洒脱中带着傲慢，好像牛得很。在一起待长了，发现他其实很颓唐，放浪形骸，甚至在浴室里大呼小叫，跟人比赛阳具的长短大小。过了不久我们又发现，他有一台"三洋"牌录放机，不知从哪儿弄到一些邓丽君歌曲磁带，时时放唱。这使我们对他的态度一波三折，由敬畏到鄙视再到巴结。

邓丽君是我们那一代音乐发烧友心中的偶像。虽然那时我们头脑中还残余着"靡靡之音"这样的意识形态上的观念，但是邓丽君的歌声无法抗拒地俘虏了我们。我只要一听见毛红光在播放邓丽君的歌曲，就忍不住朝他住的三楼上跑。从三楼的方形舷窗看进去，只见毛红光双手交叉枕在脑后，仰卧在双层铺位的下铺上，满脸的颓唐与享受，一副浑不吝的样子。那台高贵的手提式录放机正传出令人销魂的曼妙之音。

有一天，我正在船头听音乐看风景，曹志高来了，喊我去打乒乓球。船上没有什么体育活动，打乒乓球是唯一的乐子。我们来到二楼中部餐厅，将两张绿色餐桌合并成一张乒乓球台，练习打球。

邹竹友也加入进来，他动作笨拙，直胳膊硬腿，打球的姿势很难看。打了一会儿，毛红光从三楼下来了，他也想挥几拍子，无奈邹竹友不肯让给他。毛红光粗鲁地嘲笑邹竹友，说他发球的样子整个一傻 ×！

曹志高提出让毛红光把录音机拿到餐厅里来，边打球边听歌。毛红光同意了，他把录音机拎下来，放在领袖像下方的米柜上，让邓丽君的歌声陪伴我们的乒乓球友谊赛。

乒乓球比赛实行淘汰制，谁赢球谁称皇，输了的下台。下一个轮上的要"考发球"。考取了，才取得打一局的资格。毛红光手脚灵活，他一加入进来，就霸占了皇位。邹竹友笨手笨脚，打球姿势丑陋，轮到他考发球，毛红光一拍子就把他打死了。邹竹友要求"挑高鼻子"，意思是放他一马。毛红光嘴上答应，球一过网，又是一个大力抽杀，杀得老邹呆若木鸡，完全失去反应。如是再三，老邹玩不上，也就失去了兴趣。可是心里却积攒了一口怨气。

傍晚时分，我和曹志高东扯葫芦西扯瓢，为一个字的发音起了争执：言简意赅的"赅（gāi）"，他非要读作"核"不可。我们这厢正辩论得不亦乐乎，楼下那厢忽然发生了剧烈的打闹，一只热水瓶砸碎在什么地方，发出"砰"的巨响和稀里哗啦的声音。我和曹志高赶忙跑下楼梯，发现毛红光和邹竹友已经扭打成一团。

邢大副和船上其他伙计都下来了。众人经过一番努力，把两个斗鸡一般直着脖子瞪着眼的汉子拆开来。我拉着邹竹友，曹志高劝着毛红光，邢大副

身高马大地站在两人中间，木塔一般，不让他们再次挨近。两个人气咻咻地叫骂不停，活像两匹发情的野种马。邢大副呵斥了一番，口气很严厉，却掩不住敦厚的样子。他让两个人说说看为什么打架？

要说清楚打架的原因，还要回到邹竹友在交通艇上展示过的那顶小红帽以及他那些令人莫名其妙惊讶不已的癖好上。

上船不久，我发现邹竹友有两大奇怪的癖好。第一，他每天晚上洗完脚后要往脚上洒花露水。浓郁的花露水味在低矮的八平方米不到的舱室里散发着刺鼻的芳香。他费力地掰着脚指头，努着雷公嘴，瞪着青白鼓凸的眼珠子，把每一个脚丫子上都洒到，那副笨拙而又专注的神情好像漫画里的人物一样。我不止一次地想问他，为什么要洒花露水呀？可是话到嘴边又咽回去。因为让人费解的事情还不只这一桩。他的第二个癖好是搜集童帽。我第一次在交通艇上见他玩小红帽，曾想当然地以为，邹竹友是个做了父亲的人，冒昧地问了一句，才知道想当然害死人。邹竹友年满三十，还是光棍一条。不知出于什么样的心理，他经常购买一些风格别致的小帽子。有一回他趁着酒兴，对我打开了他的"百宝箱"，那一幕令我目瞪口呆，叹为观止。橱柜里满满一整格，装满了各式各样的童帽，许多是重合叠套着的，加起来不止一二十只，也许三五十只，甚至七八十只吧？他小心翼翼地掏出那些宝贝，带着与他的形象绝不匹配的柔情蜜意，一一向我展示，就好像它们是他的一群儿女似的。我看见那些小帽子五颜六色的，各种样式的都有。除了那只上次见过的刚买来的小红帽，还有带海军飘带的白色童帽；戏台上地主家的狗崽子戴的瓜皮小帽；各种软帽、硬帽，单帽、棉帽，皮帽……无论有多少种，大小是一定的，都是七八岁以下孩子的童帽。这么多童帽精彩纷呈，绝不重样，若不是有心搜求、日积月累，是很难形成如此洋洋大观的。

邹竹友只让我看过这么一次，就再也不肯亮宝了。而且展览的时候只许看，不许摸，如果我想拿一顶他的小帽子在手里玩玩，那是不允许的，就连抚摩一下，好像也不可以。更多的时候，是他一个人独自欣赏。有时我从外面进来，看见他站在橱柜前一副做白日梦的表情，从姿态上可以判断，他正打算把一些小帽子拿出来细细赏玩，见有人进来，就取消了他的保留节目。他把橱柜的门慢慢合上，脸上带着讪讪的笑容，好像做了贼的阿Q，被人拿住了，扭过头来自嘲地说："没，没什么好东西……"

我心里滚过一阵酸楚，意识到一个人纵然相貌丑陋，语言粗鄙，看上去既没有思想，又没有文化，泥塑木偶一般，可是，他也有美的追求，他也有温柔浪漫的一面，他也是爹妈赋予的血肉之躯啊。人与人之间最本质的区别其实并不比一个蚂蚱与一个蝗虫之间的区别更大。这种发现让我震惊不已。而此前，我对邹竹友的理解仅仅是停留在表面上的。

有一次我与邹竹友一道上岸，回来时漏乘了下午四点半钟的那班交通艇，再等下一班要到晚上十点。正不知如何打发时间，邹竹友忽然扭捏起来，他似乎想要一个人单独行动，又找不到合适的理由或谎言甩开我。最终，他打定主意对我公开了："杨，杨光，我领你去看一个人……"

他把我带到南京港客运站四号码头前那片熙熙攘攘的地方。橘黄色的大灯下，有无数上下船的旅客，还有一些卖瓜枣的小贩，人们行色匆匆，谁也顾不上谁。邹竹友领着我蹿进一条巷子，来到一个丁字路口，路灯下有一方铺着塑料桌布的茶水摊，守摊子的是一个脸庞大而扁的女人。邹竹友叫她："史姑娘！"

我看见那女人瞭我的眼神带着一股邪念。她的脸好像睡醒后没有洗过那么埋汰。我很不喜欢这个场面。然而，邹竹友已经在茶水摊旁坐定，端起一碗茶来，并叫我也喝一碗。我站着，心里觉得那茶是不干净的，碍于老邹的面子，接过史姑娘递来的碗。我勉强抿了一口，趁他们说话没留神，悄悄地把残茶泼在了电线杆子上。邹竹友跟那个表情和身份都有点暧昧的

女人聊起来，我看出那女人对老邹并不友好，有点看不起他的意思。而邹竹友欠就欠在没有自知之明，一味地上赶着讨好她。那种样子让我看不下去。我说："老邹，我去热河路工人文化宫，不陪你了。十点钟在河校码头见，别再迟到了。"说完留下老邹，一个人走了。

走到巷口拐弯处，我扭头瞥了一眼，看见老邹正跟那个史姑娘动手动脚的，被史姑娘一巴掌打落了魔爪，暗夜中传来一声娇嗔的喝骂："死相样子！"邹竹友并不恼，哧哧地笑。我猜他们接下来该有好事情做了。

邹竹友跟毛红光打架，为的是毛红光讥笑那个史姑娘的脸盘子像个烂柿饼，怀疑她是个"鸡"。老邹信誓旦旦地洗刷她的清白："人家是真正的姑娘，真正的。我见过她的元红。"

毛红光撺掇道："嘿，说说看，说说看。那是怎么回事？"

邹竹友抓了抓脑袋瓜子，有些不好意思："她的身体白花花的，像豆腐脑儿一样，一碰就碰破了，破了就淌血了。"

毛红光说："那不是元红，是月经吧？"

邹竹友骂道："去你 × 的！你晓得个 ××。"

毛红光意犹未尽，继续调侃道："你拿什么碰人家的呀？是不是烧火棍？"

邹竹友骂道："你才夹个烧火棍呢！"

毛红光嘎嘎地笑，又问："你们既然连那事都做了，那她为什么不嫁给你呀？"

这个问题把邹竹友问住了。是呀？她为什么不肯嫁给他呢？毛红光看见邹竹友动脑筋时一副傻瓜相，笑得更加意味深长。他顺手拿了一顶邹竹友没有来得及收起来的邮递员小帽子，把它扣到自己头上，宣布道："我叫邹竹友！"

邹竹友急忙来抢，张牙舞爪的，没有抢到帽子倒把毛红光的脸抓伤了。

"什么鸟玩意儿，值得你这么拼命！脸上都给你抠出血道子了。"毛红光护着脸说。

邹竹友把他的宝贝抢回来："小帽子，你不能动！"

毛红光的倔劲上来了，说："老子偏要动。"说着，一把夺过那顶绿帽子抛向垃圾桶。

这一下，就像捅了马蜂窝，老邹一下子光火了。他拔出箍在墙上的热水瓶朝毛红光掷去。若不是毛红光躲得快，这一瓶开水可够毛红光受得了！

"这婊子养的！这婊子养的！"毛红光痛揍了邹竹友，自己反倒很受伤的样子，他大声斥骂着，气得呼哧呼哧喘息。

邹竹友一副有话说不出的样子，他觉得憋屈，嘴唇乱抖，鼻翼一扇一扇的。

"为什么呢？不为个什么嘛！"邢大副总结道，"算了，算了。谁也不许再闹了。"

毛红光在邢大副的命令下上楼去了，人们慢慢散开。我看见邹竹友捂住眼睛，背倚床脚，呜咽着哭泣起来。

我郁闷地坐在船尾的系缆桩上，听着江水流过船舷的细微声音。邹竹友这个人在我心里就像一团谜，他让我看到了人的多样性和复杂性，但我却不能很好地解开这个谜，对他的行为做出明确的诠释。

什么是生活的本质？那种鸡毛蒜皮的快乐，无聊无耻的笑话，卖大碗茶的姑娘，毛红光和邹竹友打架……难道这些东西就是构成我们生活的本质？不！我相信它们仅是一种表象。在表象之下，还有一些美好的东西。

但是，美好的东西往往是脆弱的，害羞的，弱不禁风的；远不如丑陋的东西更强大，更有气势，更肆无忌惮。美好与丑陋不能交手，一交手美好就败了。比如邹竹友收藏那些小帽子，我相信其中包含着美好动人的情愫，这种情愫在现实中遇到讥讽，很容易转化成人们的笑料。还有邓丽君的歌声，

那样动人心弦的美妙也禁不起一个猥亵笑话的糟蹋。

车尔尼雪夫斯基说：美是生活。我所经历的生活，美在哪儿呢？我要从生活的底蕴中汲取的到底是什么呢？

江水在黑夜的船舷边急速地流走了。船上的灯火照亮的一小块地方可以看见水流的波纹，可是更加广大的江面完全沉溺在不可见的黑暗之中，成为无法言喻的过去。

我像一个溺水的人渴望得到拯救那样，渴望摆脱郁闷。

# 第五章

到了正式发薪的日子，我的工资表上写着 38 元 5 角。对我来说这是一笔不小的数目。尤其是第一次揣着这么多钱，就仿佛打了一夏天赤脚的泥腿子，忽然穿上了布鞋袜，那种感觉让人回味。

拿到钱的当天，我乘交通艇上岸，到邮局去给家里汇了 20 元。我想象干装卸工的母亲收到这笔钱时的欣慰表情，心里有种说不出的快乐和感动。

母亲是下大力的，她干的活连一般男人都觉得吃力。她所在的单位叫装卸营，是一个街道办的集体企业，却偏偏按部队建制，营下设连、排、班。从连、排长到普通群众，全是清一色妇女。她们在 20 世纪七八十年代用肩膀扛起了一个钢铁公司的矿石装卸车作业。

当父亲因工伤撒手人寰的时候，我还在上初中，弟弟上小学。大姐刚从农村抽调回城，大哥二哥一个在淮北、一个在来安乡下插队。我们姐弟五个人就像一串大大小小的倭瓜缀在母亲坚韧而苦难的藤条上。

小时候，我曾看见过母亲干活的模样。一群妇女头戴风帽，脖围垫肩，裹着一条斗篷一样的披巾布；装了矿石的小筐高出头顶，她们一手攀住小筐的边缘，一手拽住小筐底下的一条皮尾巴，一步一个脚窝，爬上高高的

矿石堆。倒下矿石，拽起小筐底下那条皮尾巴，再走回到铁路上的矿车旁。这一条人流有二三十位吧？她们一连七八个小时就这么来来回回，直到卸完一个车。

那种印象是灰暗而抑郁的。之所以没有在我的情感中留下阴影，完全得益于母亲的乐观态度。母亲曾带着喜悦的表情和我们说到她的劳动。说起大雪纷飞之夜在铁道线上扛箩筐的感受：既遭罪又豪迈，有一点点伤感，又有一点点诗意。

她给我们带回来黄灿灿香喷喷的锅巴，那是劳作之余，一群妇女围坐在工地上的窝棚里，把饭盒放在烤火炉子上，用留下的剩饭烙的。锅巴烙得黄焦焦的，又脆又香，那是我们儿时非常喜欢的点心。

稍大一点儿我读高尔基的自传体小说，里面描写主人公彼施柯夫在一个暴风雨之夜，为挽救沉船和大家一起扛了一夜麻包，清晨到来，由衷地感到一阵劳动的喜悦。这时我就想起母亲，想起母亲走上矿石堆的样子，我感到母亲是伟大的，劳动是伟大的。

失去父亲的家庭像倒了擎天大树，母亲一手拉扯我们姐弟五个，每一分钱都掰成两半花。事隔多年之后，母亲说，她记得总是在下班的路上买那些"倒包的"豆芽瓣子，回家掺上自己腌制的雪里蕻咸菜，炒成一盆，作为一家数口唯一的菜肴。母亲说豆芽瓣子虽然便宜，却比全豆芽营养更好。

我初中毕业，以4门功课362分的成绩名列全班第一。许多成绩一般的同学升入了高中，不上高中也选择中专，我却选择了一所中等技工学校。因为技工学校不仅免收学费，还有每月16元5角的生活津贴。包伙食扣去15元，尚有1元5角发给本人零花。这对我有着极大的诱惑。当然，我也可以选择师范，师范也有津贴。可是我更喜欢流动的生活，喜欢到处走一走、看一看。在我报名的学校里除了南京河运学校，记得好像还有一个苏州铁路司机学校。

我的班主任老师想法显然不一样。她是个肤色鲜艳的大连女子，穿着时髦，被同学们取了外号叫作"三包一尖"。人虽洋派，有点娇骄二气，心肠却是热乎的。她放下尊贵的架子来到我家，劝说母亲让我上高中，因为"杨光考大学肯定没问题"。

母亲非常彷徨，不知道该怎么办？我却是铁了心，要尽早飞出家门，独自走上谋生之路。就这样，我十六岁离开家乡，两年后完成河校学习，正式加入水手的行列。

终于，我拿到了自己挣来的第一笔钱，这是一个心灵上的盛大节日。我给母亲寄钱的时候，感觉无比快乐。如果说"有一种幸福叫作奉献"是一句大话，那么大话并不一定意味着是假话。假如，一个人真的从奉献中体会到了幸福的话，那一定是一种最纯粹、最高级的幸福。与它相比，任何世俗享乐构成的幸福，就好像从喜马拉雅雪峰向下俯视，再青葱别致的山峰美景也是"一览众山小"了。


曹志高拿到钱的第一个月给自己做了一套藏青色的学生装。

20 世纪 80 年代初，"文革"中盛行的草绿色军装已经过气了。草绿色显得土气，不再是时髦的颜色。在青年中一度流行起来的是学生装。学生装左胸一个敞口的兜，下面两个带盖的兜，衣领做成下垂的叶尖形，好像两只耷拉下来的狗耳朵。最要紧的是它的颜色是比较高贵的藏青，显得沉着和庄重，又透着一点儿俏皮和变化。

马军在河校上学时就有这么一套。他的家境比较富裕，团长转业的老子舍得在儿子身上下本钱。马军个子高，虽然长得不算帅，但是俗话说得好：人靠衣装，马靠鞍嘛。马军穿一套新潮的学生装，在学校里有点鹤立鸡群的味道，不仅我们这些男生羡慕，更引得全校仅有的船电班八名女生经常向他

飞媚眼。

曹志高的老家在皖南山区的一个小镇，父亲在酒厂清理酒糟。如果不是自己挣钱了，他是赶不起这个时髦的。他已经觊觎这套服装很久了，早在发薪的日子到来之前，曹志高与我上岸时就研究过布料和价格，甚至找好了裁缝店。

裁缝店在宝善街上，与电影院相邻，是一个街道办的集体小厂。说是厂，其实只有一间临街的铺面。我和曹志高在窗外流连观望了好一阵子。从宽阔的玻璃窗看进去，只见一个巨大的台案前，站着一个喉结和鼻子一样削尖的老师傅，戴一副快要掉下来的眼镜，脖子上挂着量衣软尺；在他的身后有七八台缝纫机和七八位忙活的女工；房间里到处是堆积得乱糟糟的布料和做了一半的衣裤，像被剁成几块的人的肢体似的。忽然，那位老师傅从镜框上边射出探究的目光，像发现猎物的老猫那样朝窗外翕动着鼻孔。我们被注意了。曹志高朝我一偏脑袋，撩起木门外挂着的棉帘子，仿佛闯入龙潭虎穴一般，带领我走进了裁缝店。

曹志高向老师傅询问做一套学生服要几尺布？多少工钱？算一算，连布料带人工约需五十多元，差不多是我们月工资的1.5倍！不过，既然我们已经开始挣钱，总有一天会攒足这些钱的。我们许诺买了布再来，然后在一群不相信我们有诚意做衣服的目光中大模大样地退出来。那种不信任的目光与其说令我们恼火，不如说令我们骄傲。因为我们那样年轻，只有十八岁，在那群年纪从二三十岁到四五十岁不等的七八个女工眼里，大概觉得这两个操着外地口音的声称要做衣服的男人还是两个孩子吧？但我们已经实实在在取得了经济上的独立地位。这种感觉真好！虽然那群女工们不知说了什么，在我们身后弄出一阵放浪的谑笑，让我们有点儿底气不足。

曹志高本事比我大，他刚拿了38元5角就做成了50多元的服装，虽然为此连我也借给他5元钱。他很快就以一种崭新的面貌示人，显得非常精神。

我在半年后终于也做了一套这样的服装，但那时已经是夏天，穿不到，就是穿上也没有人在意了。

记得跟曹志高一道去取成衣的时候，曹志高说了一句让我意识到他在攀比的话："嘿，马军不知怎么样了！"

是啊，分到驳船上的马军不知道过得好不好？听说驳船被甩在锚地，像个荒岛一样，常常一连个把星期无人问津，在那上面还不把人憋疯了。

曹志高想的显然跟我不一样，他说："马军那套学生装被香烟烫了个洞，面料一定是化纤的。"

这么说来，曹志高的学生装，面料一定不是化纤的。但究竟是什么面料的，我却不大记得清楚。记住的是他那终于扬眉吐气一般的表情。


我们常到下关热河路一带游逛。出了热河路邮局，往左一拐，就是工人文化宫。文化宫里有一个图书阅览室，我在这里消磨掉许多等待交通艇的闲暇时光。因为上岸办完要办的事后，下一班交通艇总不是那么凑巧，需要计算好从热河路走到江边河校码头的时间，然后在阅览室里边看书边等。看起书来，时间过得飞快，不知不觉就到了去赶下一班交通艇的时间。

除了阅览室，还有一个让人逗留的好地方，出了热河路邮局，往右一拐，就是一个新华书店。书店的门脸很小，四壁图书，中间有一个长方形展台，呈梯田状铺满了各种各样的书刊。空间虽然局促，却是琳琅满目，"文革"后渐渐繁荣起来的出版业通过这一方小小天地透露出春的消息，常常令我流连忘返。

下关这地方真是人文荟萃之地。鲁迅青年时代到南京路矿学堂念书，地点就在下关。我从他的文章透露出来的信息中，依稀感到路矿学堂应该离清凉山不远。有一次我沿着四平路信马由缰地凭感觉找过去，希望陡然发现一

处遗址，就是鲁迅当年上学的地方。那个下午虽然徒劳无功，什么也没找到，但是我试着体会鲁迅眼中南京下关的面貌，寓目所见一砖一瓦都有了一种别样的意味。

我读 20 世纪 30 年代左翼作家柔石的小说，其中描写主人公初来南京，从中山码头上岸后走到惠民桥一带的感觉。作者刻画的主人公其实就是柔石本人，于是我沿着他在小说中所经过的路线，身临其境地想象柔石站在惠民桥上的所见所闻，有一种走进文学历史画廊的幻觉。

文字的魔力就在于穿过岁月的烟尘，让发黄的往事再次焕发青青的诗意吧。我从自己的经验中，体会到读书可以极大地丰富一个人的灵魂。

这一天，我在那个门脸不大的新华书店里，买了一本商务印书馆出版的有着五万多个词条的《现代汉语词典》。这是一本砖头般厚重的硬壳书，封面是草黄色的，书价是五元四角。我把它装进肩上挎的黄书包里，沉甸甸的，有着非同寻常的分量。我的十八岁的大脑宛如一块海绵，对新知识有着强烈的渴求。这本词典造成我精神上的亢奋，其情形大概可以比拟为一个瘾君子嗜毒那样吧。

在回船的交通艇上，我站在船舱之外，手扶栏杆，让猎猎江风吹拂着黑色的头发，感觉澎湃的思绪宛如飘扬蹿动的黑色火苗。风吹得脸皮发紧，目光锐利。好男儿当自强！虽然失去了上大学的机会，可是我对自己的经济独立很满意。用手摁着那本厚重的大书，心里涌起一股自豪的情感：这是用我自己挣的钱买来的。我已经上船工作啦！我已经长成大人啦！

交通艇沿着裸露着黄褐色泥土的岸线向前开进，梅子洲上干枯的芦苇丛中抽出青青的新芽。温暖的泥土气息迎着我们飘过来。在浑黄的江水尽头，隐约地浮现出我们封航中的锚泊船队，像一片遥远而神秘的钢铁岛屿。在它的旁边有一叶两头尖尖的渔舟，像一枚枣核想要刺破一个巫婆的铁灰色世界。洲上的芦苇丛里，金野鸭不知藏身何处，此时飞起来一只白色的水鸟，看不清是鹳是鹤，它的清亮的叫声打破了时空的寂静，好像一位彩排的名角演员面对空无一人的剧场大声宣布什么。

我的年轻的心，因为想象而激动得战栗……

# 第六章

当第一缕春风吹拂唐古拉山的积雪，长江的枯水期结束了。从高原上流下来的雪水使河床变得较为宽阔一些。这一年的 3 月 6 日，封航了两三个月之久的长江 2057 号终于启封开航了。

长江 2057 号的新年处女航从南京下游的仪征，一个叫作赵庄沟的地方出发。来自山东胜利油田的鲁宁输油管道通到这里，将石油灌入长江里的油轮，然后运送到长江沿线的上海、南京、安庆、武汉、临湘的炼油厂。码头上高高的黄色输油管臂宛如长颈鹤一般折着脖子耸立着，每组有三个，远远看去非常壮观。

码头的岸线很长，早春时节还没有返青的树梢使岸边呈现一派灰色的景象。当船在码头上装油时，我看到整个港区人烟稀少、非常荒凉。这里原本只是农村，翻过沿江的一条马路，就可以看到大片的农田。有人带着撒网，在水塘边甩开，看上去好像一片圆形的灰色阴影落入水中。还有一个干瘦黢黑的老头子，肩上冒出一支乌黑油亮的双管猎枪，四处晃荡。这里仿佛是渔夫和猎手的天堂。偶尔看到一位村姑，赶着一群麻鸭或白鹅，手上拿一支长长的竹竿，竹竿的顶梢吊一块红布，嘴里发出"噢琪——噢琪——"的禽话。那是船员们最爱驻足观看的景致。

我们的船队由三艘油驳加我们这艘顶推轮编组而成，每艘油驳 3000 吨，船队总长超过 300 米，宽约 50 米，像一片漂浮在江上的钢铁岛屿，以每小时二十公里左右的航速逆水而上。它航速不快，却昼夜不停，保持着永远前进的姿态，看上去有一股庄严肃穆的气度。

当船队从赵庄沟油港驶出的时候，我站在驾驶台外面的瞭望架上，看见右前方有一大片镶着金边的乌云，正从河岸上那片树林后面爬上来。头顶上有灰色的云涛正风驰电掣般地跑过去。狂风像魔鬼的鞭子猛烈地抽打着空气，所有的树木都发出悲鸣和呼啸，豆大的雨点有力地砸在船甲板上。电光闪过，雷声大作，暴雨倾盆。上天为我们的处女航演奏着一曲让人惊心动魄的交响乐。

我们此行的目的地是湖南一个叫作临湘的地方。别看船队的航速不快，可是它不紧不慢，夜以继日，坚持不懈地总是这么走啊走啊，慢慢地就把路程甩在了身后。那种骨子里藏着的韧劲儿，令人回头一想，感觉到一种敬而生畏的力量。是啊，无论你要去哪里，别管你走得多么艰难多么缓慢，只要你把长江 2057 号船队的印象刻在脑海里，你就不愁达不到目的！

船一启封，船员们都回来了。原本有些空旷的船舶顿时拥挤热闹起来。我所在的八平方米的水手舱只住我和邹竹友两个人的时候，还不觉得怎样狭窄，现在一下子变成了四个人共有的斗室，感觉就像罐头瓶里的小鱼，本来还允许有一点儿水，这一来仅剩的水也淌干了。

以前我和邹竹友两人一间，当我看书写字的时候，邹竹友出去玩儿，关上门就是我一个人的小天地。现在不同了，到处都住满了人，我的生活陡然变得局促紧张起来。

水手舱里有一张小小的书桌，只有缝纫机的台面那么大，顶着墙。书桌上方有一小片窗户，因为高，嵌着铁箅子，像牢窗一样。船舷的甲板在外面与窗底平齐，从舱窗里看出，好像是从地下室向外窥视，视线贴着甲板的

底面。

不幸的是，那张小小的书桌基本上被我"霸占"了。晚上的时间不必说了，就连白天，只要做完水手活，我就伏案看书写字。这样一来显然影响到他人，我就成了众人眼中的一颗钉子。

"嘿，新来的，想不到你还是个秀才啊！"一个酸溜溜夹着愠怒的声音。我转过身来，困惑地看着一个吊疤眼汉子，把左手夹在胳肢窝下，右手当枪，放屁似的响了一声。众人哄然大笑起来。我顿时尴尬极了，完全不知道该如何应付。

吊疤眼汉子是湖北人，操着浓重的地方口音骂："斑马儿养的！"水手舱里除了我，邹竹友也有点怕他。不怕他的是一个上海水手，绰号叫作"一张白嘴"，讲话有点女里女气，总是向着吊疤眼，希望得到他的庇护。

把我嘲弄了一番之后，吊疤眼干脆取消了我使用桌子的权利。他坦然公开地对我说：桌子不能叫你一个人霸占了！那种直截了当的方式倒是光明磊落得很。事后想想，他说的也在理。

于是，我为享有一小角不甚平静的桌面而苦恼。

什么是集体生活？集体生活的最大特征是一个人不能有自己的生活方式，不允许有个人的独立倾向，更谈不上有隐私。你必须时时刻刻融入集体的氛围之中，只有心甘情愿在集体活报剧中扮演好跑龙套的角色，才能找到自己的位置。

洪水滔天挪亚躲进了方舟，所多玛末日罗得逃进了琐珥。在船上能不能找到我的避难所呢？有一天，我跨过缆绳交错的船裆，溜达到顶推着的驳船上去散步，无意间发现了一个理想的学习场所。

驳船上的水手喜欢到我们顶推轮来玩，打开水，蒸饭，看电视，抽烟，穷聊天。我们顶推轮上的船员从来不去驳船上玩，因为那儿没什么可玩的。我因为想起马军，信步跨上了驳船。马军的驳船就跟我们顶推的这些驳船一个样子，可惜他不在我们编组的这三只驳船里。要不他早就上来找我们了。

因为他知道我和曹志高在长江 2057 号嘛！

驳船上静悄悄的，没有一个人。每艘驳船的尾部都有一座艉楼，艉楼前端突出的部位是舵房，后面是水手的生活舱。航行中，水手们到顶推轮上去了，驳船就成了一座空巢。我忽然想到，我为什么不可以到驳船上的生活舱来学习呢？对呀！人弃我取。我不就是想找一处安宁的地方吗？还有什么地方比这驳船生活舱更清静、更有利于学习呢？

这真是一个了不起的发现。其意义堪比哥伦布发现了美洲新大陆，困扰了我好多天的难题，一刹那就解决了。我为这个发现高兴得几乎想要唱起来。这里，无疑是我的世外桃源。

自从发现了这么一个去处，我每天拎着黄书包像学生上课似的，跨过顶推轮和驳船之间的船档，走上最前方的那艘驳船。它离着顶推轮远，机器的噪声一点儿也听不见。安静得如同《鲁滨孙漂流记》中的孤岛。在那里，我孜孜不倦地啃着那本砖头般厚的《现代汉语词典》。

生活舱两边各有两间水手睡觉的舱房。中间是一个共同生活区，或者可以叫作起居室吧。起居室顶部有一个两尺见方的天窗，使这一个小小的空间既明亮又舒适。靠墙有一组既可当米柜又可当坐凳的矮柜，矮柜前是一张四方的饭桌。我把那张饭桌拖后一点儿，靠近矮橱，就可以坐着矮橱，趴在桌上看书写字了。

船舱里静极了。阳光从舱顶那块正方形的天窗射进来，照亮空气中无数微尘，仿佛大千世界浑浑噩噩的万物在无意识地蠕动。我下了笨功夫从头至尾阅读《现代汉语词典》，遇到陌生的或者我以为活生生的词条就抄下来。比如说——

叶鞘：意思是稻、麦、莎草等植物的叶子裹在茎上的部分。

梃子：意思是门框窗框或门扇窗扇两侧直立的边框。

本来我是不知道如何用一个词来表达类似这些名堂的，说到它们往往要用描述的方式，学会这些词方便了我的表达。

还有一些字眼儿我们时常说，却不知道应该怎么写。词典让我认识了许多这样的字。

另外一些词我是不记得，比如"属垣有耳""煞费周章"等等，我认为这些词已经被"隔墙有耳""煞费周折"之类活生生的现代词汇取代了。对于它们，看到了知道意思就行了，用不着记，因为已经不用了。

我最喜欢的是一些口语化的词汇。比如"一搭两用儿""着三不着两""一退二五六"等等。我觉得把这些词放进文章中会很生动。它们是活着的语言……

就这样，在长达半年的时间里，我抄了三四个练习本。

一个小水手，除了做好他的本职工作，剩下的时间理论上是可以自由支配的。可是在实际生活中并不是这样。一个人要是脱离了集体，必然成为众矢之的。尤其是在船上这样一个生活高度集中的地方。从江苏仪征到武汉或者更远的湖南临湘，一个航次少则七八天、多则十几天，我除了做完自己的水手活计，主要精力全部消磨在驳船上的艉楼里。我的词汇积累得越多，我的境遇则越糟。渐渐地，我感到非常压抑，动不动就有人训斥我，简直不需要什么理由，因为我孤立无助。虽然我也意识到应该和大家凑凑近乎，可是我又自作多情地害怕近乎了之后别人再撕破脸来，倒不如自来的绷着脸，反而省了尴尬。这种念头也许只是一个幌子，掩盖着我真正的自傲和执拗，或者这也证明了我的蠢笨如驴吧。

我的学习内容相当庞杂。除了啃那本砖头厚的《现代汉语词典》，有一个时期，我还同时自选了三门课程。一是报名参加湖北大冶的一所函授速记学校，练习用长短不一、形状不同的线条把汉语的三百多个音节固定下来。二是攻读英国作家高尔斯华绥的英汉对照本中篇小说《苹果树》。我几乎是逐字逐句地查字典，苦读这本英文原著。三是买来一本有关五线谱知识的书，希望能够像我自学简谱一样学会认读五线谱。

这些学习的成果是非常可悲的。

速记在苦学苦练了半年之后，我的函授作业得到一位姓吕的老师的高度赞扬，他给我来信说："你的速记符号写得很准，线条坚实流利，几乎无可挑剔，我感到非常满意。我由衷地赞赏你的这种所向披靡的学习精神。"他介绍我和另一位速记同学认识，让我们在南京下关绣球公园见面，相互切磋，互帮互学。可是这时候我却渐渐失去了兴趣。我学速记的目的是为了提高写作速度，能够"想得多快就写得多快"。经过勤学苦练，这一目标达到了。我的记录速度确实赶得上思维的风驰电掣，确实是想到哪里就写到哪里。可是，我沮丧地发现，速记好写难认。写的时候非常流畅，痛快淋漓，认起来却有些麻烦，不像汉字那样醒目。如果我用它来创作，很可能过上一些日子，连我自己都很难读懂我写了些什么。有一段时间我的日记是用速记符号写的，可惜那些日记现在已经不能阅读了。当我发现这个缺陷，我就扬弃了速记这种东西。

英汉对照本小说《苹果树》，我用了四个月的时间硬是啃完了。那是高尔斯华绥的原著，不是简写本。像我这样一个只在初中和技校零零星星学过一点儿英语的人读这样艰深而优美的英语文学作品，其难度可想而知。通过阅读，我的单词量得到极大丰富，书中有关乡村情景的描写和人间情感的抒发也让我感受过文学的美。可是，这种学习对于掌握英语，并没有实质性的帮助。我学的是哑巴英语、聋子英语。多年之后，当我理解到英语是表音文字，没有发音的辅助，硬记那些拼法，其情状简直跟斗风车的堂吉诃德好有一比。费了那样大的功夫，我除了认识一些单词，一句英语也听不懂，更别说"说"了。

五线谱学习更是彻底失败。我曾经靠着一本《怎样识简谱》的小书，学会了简谱认读，从中得到了莫大的益处。还在河校上学的时候，我买过《外国名歌201首》和《外国名歌》1-3册，从中学会了许多好听的外国歌曲。我知道五线谱是音乐正宗的记谱法，就想学会它。通过刻苦练习，我终于把简谱的音阶与那些飘在不同线上的豆芽瓣一一对应起来。翻过一章，调性的转换把我彻底弄糊涂了，刚刚对应起来的"哆来咪"，不再唱"哆来咪"，

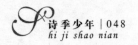
要唱"来咪发",这是怎么一回事啊?没有老师,我实在没办法理解五线谱的"调",于是,五线谱学习就搁浅了。

经历了这样多的失败,我体会到青春并不像人们讴歌的那样美好。它往往伴随着盲目的探索,下意识的冲动,跟社会格格不入,人际关系紧张等等。我内容庞杂地学习,没日没夜地用功,如今看来大多是徒劳无益的,然而它们却让我付出了沉重的心血为代价。

在那个被诗人艾略特称之为"四月是残忍的"季节,我把学习变成了一场无休止的苦役。没有老师,一切都是自学,在黑暗中摸索,使这种苦役变得既盲目又好笑,好像希腊神话里那个不停地推石头上山的西绪福斯。

斯宾诺莎说过:"一个人最符合道德的行为,就是尽情享受并不违反理性的乐事。"如果我从一开始就把学习当成一种享乐的事儿来做,当成一种爱好,而不是"事业",从享受生活的态度出发,既不勉强自己,也不因此与主流社会发生冲突,我的生活和境遇也许会好一些吧?

还有一位美国女作家说:"事业的雄心像毒素一样毁坏了我的生活,摧残了身心健康。"这句话令我无比震惊。我还是头一次听见这么赤裸裸地攻击事业心和雄心这两样好东西的话。我觉得这里面有沉痛的真理。

# 第七章

有一天深夜，曹志高看见我从驳船上回来，站在黑暗里，面对长江 2057 号机舱里流出的橘黄色微光，脸上有一种奇怪的表情。脚下那道不足一尺宽的船裆，我竟半天跨不过来。

他不知道，我刚刚从鬼门关上绕了一遭，为了学习差点把命搭上。

到驳船生活舱去学习，成了我固定的功课。白天去，晚上也去。自然而然认识了一些驳船上的水手。在一艘驳船上，我遇到一个叫老毕的好人，也是异人。老毕小眼睛，额头短平，咧着一张蛤蟆嘴，时刻不停地笑。他喜欢看一些稀奇古怪的书，有一些稀奇古怪的知识，对中国古代楹联尤其掌握得多。比如他看见我来了，会笑眯眯地考问我："秀才，问你一个对联：琴瑟琵琶，八大王同头异面。下一句对什么？"

我瞠目结舌，回答不出。

老毕看着我发窘的样子，便得意地笑。终于藏不住宝，自问自答道："魑魅魍魉，四小鬼各怀心肠。"

我一时没反应过来，悟不出这有什么好。老毕就在桌子上蘸着酒写字，说："你看，琴瑟琵琶，上面八个王字。魑魅魍魉，正好四个小鬼，王在头上，鬼在怀里，对得何等妙啊。真是绝了！"

我歪着头一看，真是妙不可言。

老毕听了我的称赞，更加得意非凡，继续兜售他的货色："戊戌同体，腹中只欠一点；己巳连踪，足下何不双挑。你知道这副对联暗藏的隐意吗？"

我不明白，掏出纸笔，请他把字写出来。我发现他念错了，向他指出：己不念 yǐ，而应该念 jǐ。因为己巳显然是天干地支中的字，这个我学过。

老毕说："不管！你知道这腹中一点指的是什么吗？双挑又是什么意思呢？"

他一下子把我问倒了。

老毕得胜地笑起来，表情坏坏的，甚至有一点儿淫荡了。他说："不知道了吧？我来告诉你。那腹中一点，代表男性的生殖器，戊戌两者之所以'同体'，是因为一个有点，一个没点。己和巳呢？脚下都带钩，就像女人的小脚，也可以看作两个女人吧，双挑的意思就是说两个都要了。"

老毕的语调色眯眯的，似乎调侃，又似乎陶醉。让我觉得中国文化真是色彩斑斓，这些用文字打造出来的色情游戏，多么精致巧妙啊！老毕一个水手，竟然也玩得心领神会。

老毕喝完酒，天色也暗了。黑夜航行，驳船上有灯光会影响顶推轮的瞭望，所以起居室的灯是不能开的。老毕为我打开一间无人居住的水手舱，用黑布帘遮蔽了唯一的窗子，塞得严严实实的。即便如此，舱顶的大灯仍不敢开，只点一盏有罩子的台灯，在小桌上勾画出一圈白光。我就坐在黑暗里，对着那圈白光看书、写字。

老毕把我安顿好了，带着他那招牌似的笑容在我的头顶呼噜了一把，感觉他像我的长辈那样。我说了声："谢谢啊！"看着他满足地退下，找自己的乐趣去了。

到了子夜时分，我学习完从驳舱里出来，发现眼前漆黑一团，什么也看不见。有句成语叫伸手不见五指，此时不要说伸手的距离，就是把五指凑到我的脸前，我也看不见。那是一派彻底的黑暗。

　　夜盲症？我心里嘀咕，站在舱外不敢出脚，使劲地眨巴眼睛，想要适应一下，看看是否好转。不行！还是漆黑一团。我用手做眼保健操，"轮刮眼眶"，还是没有效果。

　　虽然看不见，脸上却可以感觉到天上正飘着毛毛细雨。往常不是这样的，一般会有月光或星光，就算下雨，眼睛多少能够捕捉到一点儿感觉，让人能够辨别行动方向就行。今天这是怎么啦？我的眼珠子好像变成了两块木炭，什么感觉都没有了。

　　这当儿，我的脚无意中碰到了搭在驳船艉部的跳板，那跳板连接着下一只驳船，是我回去的路。我一时着急，心里有几分迷糊，但还想到把别在胸前的钢笔揣进书包，怕它掉进江里。然后俯下身来，以四肢爬行的姿势抓牢跳板，爬过船裆。两艘驳船的距离三四米左右，相对位置由纵横交错的缆绳固定，平常两步就跨过来了。采取爬行的姿势通过跳板还是第一次，有点儿屈辱，但我顾不得那么多了。我必须牢牢地抓住跳板，像一只大蜥蜴那样，谨慎地一步一步向前。耳畔听到江水在驳船底上激起浪花，哗哗地响。假如掉下去，一个浪花就把我卷走了吧？虽然按规定应该装有防护网，可是我来的时候看见那网挂得马马虎虎，谁知道有没有什么破绽呢。右手终于摸着了后面驳船上的铁板。我哆哆嗦嗦地爬上了后驳船。站起来，眼前依然什么也看不见。没有月亮，没有星光，天上飘着细雨，头发湿答答的，贴着头皮。我在那儿站了好一会儿，又探索着往前走，腿磕在什么东西上，感觉是双十字桩，沾了一腿的油泥。我一步一步总要捉住什么，慢慢地向前挪。下了驳船艉部的一米高的梯子，摸着驳船上的那些输油管线了，有了护栏，可以凭着印象往前走了。突然，一个什么东西，在我的脸上扑棱扇了一下，感觉好像是一只鸟或蝙蝠之类的就要撞在我的脸上，临时一个折身飞走了。大概是那些在夜空中活动的灵物想要和我打个招呼吧？我吓得头皮发麻，回过头去看，哪里能看得见！

　　好歹是回来了。我站在驳船与顶推轮之间的船裆前，看见从长江2057号的机舱里折射出来的半明半暗的昏黄的光线，它们在我眼里陡然变得那样亲

切，简直让我心生感动。

值0—4点夜班的曹志高爬出机舱到船舷边来撒尿，看见我吓了一跳，说："你站在外面干什么呀？你不知道下雨呀？"

我在回想刚才的一幕，感到一阵阵后怕。真是险恶！倘若一个磕绊，掉到江里，那就没救了！那个黑乎乎的差点撞到我脸上的东西给我造成巨大的惊恐，我甚至以为那就是死神，他在就要抓住我的一瞬间改变了主意。

刨根问底，我想弄清楚今天晚上的眼睛究竟怎么了。按理说再黑的夜晚，眼睛总能有些感觉。可是今天我的眼睛好像不在了！第一个原因，可能是营养不良。今天三顿饭，我都没有吃菜，早餐稀饭馒头没有菜，午餐的菜是红烧带鱼，因为我有偏食的毛病，向来不吃鱼，就只吃了一盒白米饭。晚餐是老茄子烧辣椒，茄子里带许多籽，我一看见那些籽，心里就起鸡皮疙瘩，又是只吃了一盒白米饭。其实我也不是太挑食或者娇气，什么样的白菜帮子，苦菜根我都能吃，但是巧了，今天连着两顿饭的菜都是我无法接受的。第二个原因，我在驳船舱里学习的时间太久了。从日落到子夜，足足六七个钟头，我一直趴在一盏罩子灯下，读啊写啊，把那几门自己选定的功课轮流学了一遍。听说马克思学习非常刻苦，他的休息方式就是从哲学转到数学……这个方法我也学来了，我把练习认读五线谱夹在速记和英语学习之间，自以为是一个非常聪明的安排。如果有第三个原因，说来有点难以启齿，那一定是这段时间被窝里的自渎过于频繁，损伤了元气。唉，人不自戒天来戒，待到天戒悔已迟。我想起郁达夫和果戈理都有类似的毛病，勉强给自己找一个摆脱自责的借口。

梳理着这些想法，我慢慢打消了那个扑扇的黑影就是死神的念头。恐惧的心还在微微颤抖，理智却告诉我，也许那只是一只夜飞的倦鸟，如我一样盲目，把我当成了枯树桩子，想要在我的头上休憩，临近了才发现不是它想象的那样……

听见曹志高叫我，我才从梦魇般的状态中清醒。刚才不敢去跨的船档，轻轻一迈脚就跨了过来。这天夜晚发生的一切，我没有跟任何人提起。过了很久，曹志高还说："那天你从驳船上回来，脸色铁青地站在雨中，喊你也不答应。你的样子好奇怪噢！"

奇怪的不是我，而是生活。不是吗？是一股什么力量把我抛进这样的生活里来了呢？夜晚，我坐在船队最前头那艘驳船的艉楼旁，背倚着墙壁坐在地上，像一条孤零零无依无靠的小狗。这里远离了顶推轮的噪音，在黑暗的寂静中，我默默地盯着脚下呜咽的流水，咬着下唇仰起头来。

月亮黄黄的，圆满的一轮，悬在乌黑的天上，照得它周围一片黄莹莹的亮。空气里没有风，一艘挂机船在江面上突突地驶过，那单调的机器声好像被月光过滤了，世界变得神秘而又安详。满天的星斗好像一本天书，写着最古老而又晦涩的文字，而书中的插图便是这童话般的月亮和深不可测的夜幕，她们就像一个面色黧黑多皱的老奶奶搂着金黄头发的小孙女坐在膝上……

我没有奶奶，母亲也不在身边。有一个相亲相爱的女朋友，却不能见面。在船上，唯一能给我一丝友谊和温暖的是曹志高，他是我在生活的河流上所能抓住的一根救命稻草。

曹志高的生活比我阳光得多。他业余时间也学英语，经常抱着个"红波"牌半导体收音机，收听中央人民广播电台的英语学习节目《Follow Me》。学习对他来说是消遣，是打发多余时光的好办法。如果有什么社交活动，一定被他当成比学习更重要的事，优先考虑。

我们在一起时有争论，却不妨碍感情很好。一般情形下，他总是辩不赢我。世上的事就是这么奇怪：我生性木讷，笨嘴拙舌，与人交往连几句寒暄的话也说不好。辩论起来却像换了一个人似的，口若悬河滔滔不绝。我看书多，常常引经据典，占据有利地位，说着说着，曹志高就不知道该怎么反驳我了。

有一回，我跟曹志高谈到犹太人的割礼。我告诉他犹太小孩出生第七天，男的就要被抱到拉比那里，用一把锋利的小刀割掉阴茎上的包皮。曹志高从没有听说过这种事，眼珠子瞪得溜圆。我谈兴勃发，不仅详细描述了割礼习俗，

还对割礼背后的意义做了一番自以为是的议论。

我的这番话令曹志高大为惊讶。事后他曾当着我的面对旁人半褒半贬地说："杨光的生活常识非常欠缺，几乎相当于白痴。不过有些知识又深得吓死人！"其实他不知道，我之所以对这种事有心得，完全是因为我有手淫的坏毛病，我是从自身的体会进行思考，从而对割礼的产生发明了自以为独到的见解。

我阅读了大量西方文学名著。从《希腊的神话与传说》《荷马史诗》到巴尔扎克、雨果、屠格涅夫、契诃夫……在那些缓慢而悠长的航程中，从雪落无声的严冬到烈日炎炎的盛夏，我经常是疲惫而慵懒地斜躺着，手捧一卷书，完全沉浸在外国古典文学名著的饕餮盛宴中。

如果要从我的阅读经验中找点儿教训的话，也是有的。我在读完《伊利亚特》和《俄底修斯》这两本史诗后，马上又读了《希腊的神话与传说》。而这是不相宜的。因为同一个神的名字在《荷马史诗》与希腊神话中完全不同，结果我刚刚记住的那些居住在奥林匹亚山上的各种神的名字又有新的称呼。混淆的结果是，当我要谈谈那些神的故事时，发现曾经记住的名字全乱了。这可大大地妨碍了我拿读过的书向人们炫耀了，为什么译名不能统一一下呢？呵呵，多年之后我还暗自埋怨。

整天捧着书本不免有乏味的时候。当我学习累了，不由得想到金果。读到诗句"红袖添香夜读书"，也引发我的联想，要是有金果在身旁该多好啊。然而"水和尚"的生活是这样一种严酷的现实——回家，岂是你想回就回的？不回家，又怎么有机会见到金果？当我为水手生活的冗长乏味感到沉闷的时候，金果的玉照是唯一让我产生一丝安慰的法宝。我常常在读书的间隙把她的容貌捧在手心里，温习她的微笑，回味她的话语，那种相思的苦楚与忍耐，让我尝尽了有家难回的滋味。

这就是生活啊！好在我已经预定了七月份休假。在这之前，我还要在船上再熬一个月。

# 第八章

在船上，曹志高的处境比我好。他嘴甜，为人热情。如果有人到他的船舱去，他准会给那个人倒一杯水，这就让人心里热乎乎的。当然，这种客套在船上是绝无仅有的，这也让曹志高显得有点与众不同。并不是所有的人都说他好，轮机部的图老轨对他就横挑鼻子竖挑眼，总是跟他别别扭扭的。

图老轨并不是真"老轨"（轮机长），而是轮机部的二把手——大管轮。因为他工作极其卖力，言行中时常流露出老轨应有的姿态和语调，明显存在觊觎老轨位置的企图，加之他姓涂，就得了一个"图老轨"的绰号。

图老轨有个习惯，总是手拿一团棉纱，其由来显然是在机舱里擦机器养成的习惯，但是老这么拿着，就让人怀疑有点装腔作势的味道。搞笑的是，这团棉纱还有另一个妙用——晚上，大家聚在餐厅里看电视，图老轨早早抢占了有利地形。不过呢，图老轨尿脬子小，需要经常到厕所里撒尿。人一离开，后来的伙计就将好位置抢了。图老轨有绝招，他起身离座的时候，回头在他的座位上"呸"地一口，响亮地留下一口浓痰。这样一来，谁也不会抢这个位置了。等到图老轨回来，因为他总是手拿棉纱，轻轻巧巧地一擦，不急不忙地又稳坐在他的宝座上了。

他这个绝招被船员们引为笑谈。笑谈归笑谈，谁也不会真的去触霉头，

纠正他这种举止，让他面子上难堪。这种事越是夸张做作，越显得滑稽。如果小心翼翼偷偷摸摸地做，反倒显得小家子气了。曹志高的错误，犯在他也学会了手拿一团棉纱。有一回，图老轨离座又上厕所，曹志高恰巧坐在他的左侧。他见图老轨回来，没等人家完成自己的经典动作，悄悄地一伸手，帮忙将那块被图老轨视为勋章般的痰迹擦去了。

图老轨大为光火，立时大骂曹志高："浑蛋！谁要你擦了，你这马屁精！"

曹志高的脸上顿时红一块白一块，气得眼冒金星。

虽然我对曹志高的这个举动不赞成，不过平心而论，曹志高这样做也有值得同情的理由：就算拍马屁吧，也是出于对师傅的尊重嘛，就算虚伪，也是一种无可厚非的虚伪吧？可是这个图老轨简直不可理喻！你跟这种人在一起，无法揣摩他的心思，无法知道他什么时候发火。多年以后，我看到一个打高尔夫球的大人物对帮他从洞里捞球的球童大为光火，想起了图老轨，不禁莞尔失笑。

图老轨指手画脚，唾沫星子乱飞。连坐在曹志高身后的我都沾了荤腥。我看见曹志高捏起了拳头。这个好脾气的曹老弟要是真的动起怒来，那也是一个倔强刚烈的人呢！别看他逢迎拍马掉花枪，腻歪人的表现后面，其实还有一股子虎气。这正是我既不赞成他，又有些佩服他的地方。我知道，图老轨再骂下去，保不准曹志高会动手。

我在船上的处境已经够糟了，曹志高混得好，多少对我还有一点儿帮助。如果曹志高也搞砸了，我们这对难兄难弟就有好看的了。我生怕曹志高一时不冷静动起手来，忙插进两人中间，连推带拽地把曹志高拖出了看电视的餐厅。

曹志高住的船舱在二楼，比我们一楼水手舱更小，也住四个人。舱里的面积大约只有六平方米，两张上下铺中间留下仅容一个人的过道。人们除了当班的，都去看电视了，我和曹志高并排躺在下铺，说些排解气愤的话。

"他总是这么敲打我，搞上瘾来了。哼！总有一天，我要出这口鸟气！"曹志高说。

过了几天，图老轨忽然闹起了肚子。刚出厕所，没走出一丈远，一转身提着裤子又一头扎进去。我和曹志高在餐厅与吸烟室之间的走廊上用黄色颜料写着黑板报，看见图老轨愁眉苦脸的，仿佛一下子苍老了许多。我幸灾乐祸地对曹志高笑道："咦，你瞧，他怎么啦？"

曹志高的脸上没有一丝表情，他的快乐藏在灵活的眼神里。他警惕地瞄了一眼前后左右，目光盯着图老轨正在出恭的那个厕所门口，嘴巴悄悄地对我说："怎么啦？告诉你吧——我把他的大半瓶橘子汽水偷喝了，然后灌上凉水，掺上咱们写字用的黄颜料，怕不甜他会察觉，又加上一些白糖，搅和匀了，就跟真的橘子汽水差不多，量也不多不少，还放在老地方。他干活累了，上来一口气把它喝干了。喝完后，还吧嗒嘴，说，咦，怎么好像甜得齁嗓子？"

说到这里，我和曹志高忍不住爆发出一阵快乐的大笑。

图老轨从厕所里钻出来，朝我们这边狐疑地瞥了一眼，终于不能断定我们在笑什么，只是愤怒地把手里的棉纱掷向江里。说来奇怪，他不知道这件事的来龙去脉，也不能断定拉肚子与曹志高有关，但是从此以后，他对曹志高的态度却不再那么放肆了。

这件事仅仅是搞笑就好了。如果它还有什么深意，那是我所不喜欢的。无论如何，这需要把仇恨埋在心里，筹划恰当的时机以精确的方式回报对手。太累了！我想。人与人能相处就相处，相处不好就离远点，有必要这么搞吗？

我没有用这种疑问为难曹志高。因为我慢慢觉出他和我终究不是一样的人，在社会生活的游戏中他远比我高明，但我并不崇尚这种高明。我相信，纯朴善良永远是好的，也是健康生活所必需的……

船在江心掉头，把太阳撂一边，白云撂一边，以整个天地为参照物转向。这在我心里引起一种博大宏伟的感情，禁不住有诗情生发出来。那诗句朦胧着，模糊得很，隐约抓住一句："我们的桅杆，以太阳为航

标……"

船以自然物太阳为航标，人的航标又在哪里呢？

不久，我发现一个可以作为航标的人物——长江 2057 号电报员王龙干。他是我在船上见到的头一个值得敬仰的人物。王龙干的故事有一个极其可笑的开头，他的魅力和价值是后来慢慢体现出来的。那个有关他的近乎荒谬的前传讲起来令人难以置信——

传说王龙干娶了个老婆，三年不曾同房。不管王龙干多么迫切，多么需要，对老婆软磨硬泡，软硬兼施，胡萝卜加大棒，红脸白脸转黑脸，老婆是"任凭敌军万千重，我自岿然不动。"她不吃王龙干那一套，牢牢攥紧了裤带子，坚决不许他入港。

王龙干要求离婚，老婆不同意。她既不与他过夫妻生活，也不跟他离婚。她要的只是一个夫妻名分。事情发展得越来越荒唐，两个人没有情分，金钱上也分开。王龙干每次回家，吃饭都要交钱。吃多少交多少，泾渭分明，毫厘不爽。

这事儿慢慢就传开了。船员们听说还有这事，大声嘲笑王龙干太孬！人家外国有强奸老婆罪，中国又没有，你睡了她，还怕她告上法庭不成？

王龙干并不分辩，慢悠悠地讲参孙的故事。参孙是什么人呢？是古代以色列的大力士，七条未干的青绳子绑在身上，参孙一挣就断了，像遭火的麻线一样。最后他的妻子大利拉骗到了他的秘密，剃掉了他从未剃过的七绺发辫，参孙的法力就破坏了。参孙就被敌人抓住了。

听故事的船员眼睛眨巴了半天，终于开窍问："你是不是说——你老婆力气很大？像参孙？"

王龙干说："除非你是日本相扑运动员，还是重量级冠军，否则，别想碰她。"

哗，油锅里下了一把盐豆子。一时间，群情激奋，一支"志愿队"马上组成了。以王龙干为首，另外三人都是身大力不亏的好汉。他们商议船到武汉，由王龙干给老婆下最后通牒，如果还不奏效，实施暴力行动。

　　那天，王龙干买了好酒好菜，回到家请老婆客。好吃好喝，招待好了，王龙干又提出那个没出息的要求。老婆一听，马上撂下脸子，还是不肯。王龙干说："今天我可是有备而来，希望你还是配合一下，免得撕破脸不好看。"老婆冷笑一声道："你能奈我何？"

　　王龙干事先留好门，同党们就埋伏在楼下。他们学地下党手法，以拉窗帘为暗号，作为动手的召唤。此时，王龙干起身走到窗边，慢慢拉上了窗帘。老婆嘲笑道："你想干什么？"话音未落，几个彪形大汉闯进门来，王龙干老婆急了，说："龙干，这是些什么人？你们不要胡来呀！"

　　王龙干一马当先，把老婆压在床上。那婆娘确实力大无比，像一条蟒蛇在床上扭动，若不是再加三个男人七手八脚，她早把王龙干掀翻到床下去了。有众人帮着，王龙干动手剥那婆娘的衣服。事情说来也怪，那婆娘只是挣扎，却不喊叫。她终究不是参孙，敌不过四个如狼似虎的男人。王龙干最后扒光老婆的衣服，正要霸王硬上弓，定睛一看，却傻眼了：居然是个石女……

　　事到如此，众人都麻了爪子，怏怏地一哄而散。

　　那石女原是个要面子的人，跟王龙干结婚无非是顾一个面子。出了这等事，也没有吵闹。吵闹起来，除了让更多的人知道自己的隐私，还能有什么好处？王龙干以此为理由，就离婚了。

　　这事发生在我们上船之前。我们上船之后不久，王龙干又结婚了。回来告诉众人说，老婆长得丑，是个麻子。人们奇怪他何以如此坦诚地说出真相。只有了解他的朋友说，诸葛亮的老婆黄月英也丑，丑妻是个宝嘛。我对他的了解起始于第一次到他的船舱里去——

　　在我有机会上驾驶台实习舵工的一天下午，池船长交给我一份电报稿，让我把它送到电报员那里去拍发。在船上，电报员的地位比较特殊，四楼仅有两个船员舱，一个是船长室，另一个就是报务舱。

　　报务舱里有一个工作台，工作台上铺着皮革的台面。台面上是我们在电影《永不消逝的电波》中见过的发报机，发报机上那个发报按钮被手摸得锃

光瓦亮。报务舱里除了发报设备，还有一张单人床，就是报务员的卧具了。这一切固然与我的水手舱有很大不同，但是最令我惊讶的，莫过于在这个舱里，我看见了许多书。王龙干的床上、桌上到处都堆着书。

我走进去的时候，王龙干正在收报。他的颧骨很高、刀削一般的面颊被发报机遮挡了一半。趁他无暇理我，我在一旁悄悄地检阅他的藏书。这里有《辞海》《庄子集释》《红楼梦》《水浒》和《古今小说》等等。

王龙干发完了电报，和我闲聊起来。我们聊到国家建设为什么不能发展得快一些，他分析了一通道理，然后说："举一个例子吧！刷一个平方米油漆，要付船厂三块八，工作干得又慢又差。如果雇小工来干，出这个价的一半，保准又快又好。"

我问："为什么不这样呢？"

王龙干回答："这样的话，被雇的小工岂不是要发财了？"

我问："那么核定一个发不了财的价格，将活包给小工干怎么样呢？"

王龙干回答："那样的话，三天干了一个星期的活，剩下的时间干什么呢？小工把活干完了，船厂的正式工又干什么呢？"

我目瞪口呆。

王龙干进一步解释他的想法，他觉得中国的问题是人口过剩。为了防止严重的失业，只有慢慢磨洋工，大家都能维持起码的生活水平，谁也不会没饭吃，谁也没有好饭吃，就这样泡啊泡……

王龙干的这些话如今看来，并没有什么新意。因为社会已经向前迈进了三十年，几乎一个时代了。但是在那个年代，王龙干无疑是船员中的智者。

还有一件事，也能证明王龙干不简单。那年分局刚刚成立，在选址建分局大楼时，考虑要离江边近一点儿。当时大桥附近一家肉联厂需要搬迁，分局就打那块地的主意，谈判几乎已经成功。就在签字前，肉联厂方面提出在原定价码儿之上再添一部卡车，这压垮骆驼的最后一根稻草使谈判破裂。这件事被分局领导当成自己精打细算坚持原则的事例宣传。王龙干却不以为然，评价说："上面的头头没有远见，一部卡车算得了什么？那块地盘可是寸土寸金，一失足成千古恨，没得到就再也得不到了呀。"几年以后，地价大涨，舆论果然是王龙干当初说的那个样子。分局大楼没能在江边站住脚，退到了盐仓桥一带。

王龙干的船舱里贴着一副对联。一般说来，对联都是贴在门的正面，这副对联却是贴在门的反面。常人进来看不到，一旦关上门，在屋里的人就能看到这副醒目的对联。对联写的是——

右联：不思八九

左联：常想一二

横批：如意

我见了这副对联不解其意。王龙干为我剖解道："俗话说，不如意事常八九。那么反过来想，这八九之外的一二，也就是那'如意'了吧？"这真是豁达的人生观。我听了这番话，有如醍醐灌顶，又如端坐瀑布水帘之下，令我一身清凉。这些字呈门字形贴在门背后，好像门上又开了一扇小门，它们通向另一个世界。

除了王龙干，给我留下好印象的还有一些人。比如，王龙干的棋友——机匠老强。这是一个很少见的姓，我曾纳闷"强"字怎么能成为一个姓。我在厨房的记餐牌上见过他的名字，确实是写作"强"。但我更愿意以他的外号"老枪"称呼他，因为他有一杆乌黑锃亮的双筒猎枪。

老枪是个沉默寡言的汉子，年纪约莫五十来岁，一脸皱纹好像枯干发黑的老树皮，眼睛大而湿，像马的眼睛。眼皮不是双的而是多到三四层的样子。除了猎枪，他还有一支烟斗。是在苏联电影中见过的斯大林手里拿的那种，圆溜溜肥墩墩的烟锅儿，被他的一双老手摩挲得油亮，弯弯地翘起来渐渐变

细的烟嘴上镶嵌着一个玉箍。

他是船上唯一吸烟斗的人。曾经有一回邹竹友买来一支烟枪,有一尺来长,颇为花哨,显派。老枪见了非常鄙夷。他不能容忍烟枪,只爱好烟斗。我看见他坐在吸烟室的长桌旁,手持烟锅儿的敦厚样子,确实比邹竹友浮躁地擎着支烟枪好看。没多久,邹竹友的那支烟枪在水手们争抢着试一口的粗糙动作中折断了,老枪敲着他的烟锅儿,说:"怎么样?没戏吧!"

船一靠码头,老枪就扛着他那支心爱的猎枪消失到旷野去了。经常日晒雨淋,使他长得精瘦寡黑不说,也显得格外苍老。我疑心他的实际年龄并没有外表显现的那样大,也许只有四十多岁吧?老枪爱酒,打了野味回来,交给厨师刘兆鱼做了,自己一个人关起门来呷两口,有时候也喊王龙干和他一道喝。王龙干和老枪谈得来,两人是这条船上仅有的会下围棋的人。他们两个人不费什么劲就把一瓶子酒喝干了,然后老枪在吸烟室里过烟瘾,提高了嗓门儿说:"酒呀!少喝点是养人的,喝多了不是人养的。"

船员们听了哈哈大笑。以为他喝醉了,就问老枪说:"那你是不是喝多了呀?"

老枪把烟锅儿在桌上敲敲,舌头有点儿发硬地说:"哧!高是有点儿高,但还没喝多。"

"什么叫'高是有点儿高'哇?"船员们问。

"有酒品的人喝酒,顶多是喝高一点儿,绝不会喝到吐。吐是暴殄天物,糟蹋自己。那就叫喝多了。"老枪说。

我惊讶"暴殄天物"这种词从他嘴里脱口而出,说得那么自然。我还是读了《现代汉语词典》才纠正了"殄"字的错误读法,老枪竟然念得字正腔圆,毫厘不爽。他大概是"文革"前的初中生。老枪喝完了酒的样子有点儿神情恍惚,我疑心他头一句话并不是说给别人听的,而是自己劝自己少喝点儿。

有一回,我见老枪一个人坐在吸烟室里抽闷烟,眼睛里有一种奇幻色彩,猜不透他在想什么。我情不自禁地走进去，坐在他对面。老枪抬起一双黑洞洞的大眼睛，看了我一眼，说："秀才！你见过蜥蜴，也就是四脚蛇，上吊的事吗……或者你有没有听说过这样的事呢？真奇怪，蜥蜴竟会上吊自杀。要不是我亲眼所见，谁也不会相信。"

"真的？"我张大了嘴巴，很难相信他不是在说梦话。

"我亲眼所见。一只蜥蜴把它的下巴颏儿顶在小树枝的尖上，就这么上吊死了。真是奇怪！我在那附近找了找，竟然又找到三四只，都是这么将下巴颏儿顶在树枝尖上，吊死的。我想这些小东西难道还有自尊心吗？还会上吊自杀？真是怪事。不知道有人注意到这个现象没有？我想把这个情况写一份报告，引起科学研究者的注意，但是，我不知道寄到哪里去合适。"

我哧地一笑，心想：大概不会有人理会这天方夜谭似的故事吧？不过他的想象力倒是挺丰富的。我说："你可真会幻想啊。"

老枪失望地看了我一眼，有点懒散而又严肃地说："这可不是幻想，这是真的。我在山上打猎时亲眼见到的。要是有人研究这个问题，我带他去，肯定还能找到一些呢！"

为了不在他面前显得像个傻瓜，我赶紧溜走了。

这件事过去很久，我还不能忘却。我想老枪的话肯定是有来由的，他的发现是否真的有什么价值呢？随着阅历增加，我越来越相信：民间蕴藏着惊人的智慧和发现，只是没有渠道表达。当然，这种发现有时只是因为无知。譬如有一次，邹竹友把一支筷子斜插进水盆，让我看"筷子为什么好像断掉了？"他以为他发现了一个奇异的事情，我却用初中物理学过的"光在水中折射"的原理，轻易解决了他的疑惑。但是，与其说他敬佩我，不如说我更敬佩他。因为他是从生活中自己发现了这个现象，而我仅仅是在课堂上听人说说而已。

老枪的发现，又有谁能给他一个解释呢？

# 第九章

　　回家的一天终于来到了，我的心鼓荡如一只小鸟。

　　火车跟着火红的朝阳跑。窗外的乡野景物变幻着。一个低矮的小丘，坡顶上长着青青的疏落有致的小松林，太阳从它们的背后穿透过来，红光中那些黑色的小松树娉娉婷婷，美丽极了。我真想永久地凝望着这个景象，可是火车奔驰，带着太阳，却把那片小松林留在了后边……

　　我想念金果，想念她的笑靥，想念她的容颜。虽然我努力召唤有关她的记忆，潜意识却还停留在铅灰色的船上，水上生活的滋味像一股淡淡的烟岚笼罩着我，挥之不去。稍不留神，脑子里跳出来的还是前不久见到马军的情景。

　　湖南临湘油港，是一块非常荒凉的地方。从码头到最近的一个小镇要走很远的路。我们的船队从赵庄沟出发经过九天的航程抵达这里，船员们上了岸无处可去，只好在田埂上像孤魂野鬼似的转悠一气，发一会儿呆，望着那排输油管线通向远方，不知道把这船上卸下来的原油送到什么地方去了。

　　天色暗下来的时候，在那条土路上我竟意外地遇到了马军。他的驳船随另外一支船队先期抵达临湘，正在码头上卸油。看他的样子大概是到镇上玩耍去了，刚刚回来。

　　我们一见面，彼此非常激动。马军一拳砸在我的肩上，差点把我捶了个跟头，说："哎呀，老弟，你还活着！"

"我呸，哪能随随便便就死了呢！"我笑骂道。

他拉扯着我跟他一道回码头，举起另一只手里拎着的卤牛肉、花生米，兴奋地嚷嚷道："回去喝酒，回去喝酒。"

回到码头上，我叫了曹志高，三个人一起来到马军的驳船。在驳船艉楼的生活舱里，我们痛痛快快地像真正的水手汉子那样喝起酒来。

曹志高礼貌地邀请马军的师傅，一个四十来岁胡子拉碴的老水手。那人用一种生分的眼光打量我们，木讷地说："同学吗？我掺和什么。"退回自己的舱里去了。

马军冷冷地盯了一眼跟他朝夕相处的师傅的背影，恨恨地对我们说："别理他。"

驳船上的水手总共就这么两个人，整天大眼瞪小眼，瞪得像乌眼鸡一般，关系一般都不太好。我和曹志高熟悉这种情况，也不觉得意外。

没有像样的酒杯，我们用碗，用茶杯，用早晨漱口的白瓷缸子，喝高度白酒。三个人其实都还不怎么会喝酒，不一会儿，一个个喝得东倒西歪，酩酊大醉。马军告诉我们，他在驳船上寂寞得要死，他跟"那条老狗"闹别扭，已经好几天都不说话了。曹志高说起图老轨给他穿小鞋的气人情景，不过没再提起他往汽水瓶里掺颜料的故事。我想起自己在船上受到的欺侮，咬紧牙关不肯说一个字，眼睛里却像深井一样有水洇出来。

"我真是有点受不了了。"马军说。

"挺住，哥们，挺住。"曹志高说。

"你父亲不是说要把你调回家去吗？"我问。

"是啊，我现在就指望这个了。"说到调动，马军的神情多云转晴，酒精的作用使他的脸烧得像个茄子。他神秘兮兮地告诉我们，调动回家的事情已经办到发调档函的程度了。"这个阶段最关键，千万不能出什么岔子！所以，你们不要对别人讲。"马军嘱咐我和曹志高。

"你放心。"曹志高在马军的肩膀上搂抱了一下,"什么叫哥们,你的事就是我们的事。哪会瞎讲。"

我当然不会坏他的事,但我不屑于表达。

马军又说:"如果不出意外,再有一两个月,顶多两三个月,我就可以一劳永逸地回家了。"

回家,这个词勾动我心肠中柔软的黏膜,令我的腹腔涌过一股热浪,好像连心脏也牵扯得挪动了一下。回家,是多么好的一桩事情啊!也许是游子们所能想到的世界上最好的事情了吧?

如果这时候不是离我预订休假的日期不远了,我想我也许会崩溃的。仅仅是因为想到这个航次终了我就可以回家了,才使我的泪水没有淌下来。

工休假,这块全年52天的精美蛋糕哟,我要小口地享用你一下。虽然我没有调动工作的企图和打算,但我也要回家了。


回到家乡小城。一下火车,就有一种特别的感觉,那是与生俱来的由生理记忆形成的感觉,让我知道这里是我的家乡。这种生理记忆包括家乡在这个季节应有的温度与湿度,空气里各种微量元素乃至有害气体混合而成的滋味。这种生理记忆包括从睡梦中传来远方若隐若现的一声火车鸣笛的回声;白杨树在月光下摇动着鬼拍手叶子沙沙作响。这种生理记忆是嗅觉、听觉乃至触觉的。视觉最靠不住!随着小城改造,视觉可能会出现很大变化,但是其他的感觉却变化不大。变化不大的还有回家的路径,如果路径彻底改变了,那么就有可能找不到家了。

我的家在一排低矮的平房中间,门前有竹笆子扎起的破篱笆。篱笆下种了几棵丝瓜,粗茎老藤曲曲折折爬上院子顶上的铁丝网,人手形的丝瓜叶子被阳光照得青黄,纷繁的丝瓜花却黄得明艳。院子一角有一株无花果树,旁逸斜出的枝杈钻出篱笆,阔大的叶子是墨青颜色。一间低矮的砖棚蹲在这破篱笆的院内,使本来不大的院子显得愈发狭小。那是父亲在世时,因为家里住房实在太小，搭起来储存一些用不上又丢不下的杂什物件的。院子里正对着大门的地方，原来还有一株高大的杨树，父亲去世那年，杨树也莫名其妙地枯死了，把它挖走的时候，发现树根处积了一潭水。

家对我来说，首先联想到的还是母亲。

我清楚地记得，当母亲知道了我和金果的关系以后，曾亲昵地说过一句话："毛伢子家家，还谈恋爱。多点点大嗨！"

她说这话时，脱下满是尘埃的工作服，既有解脱劳动之后的放松，也有眼看儿女长大成人的喜悦。这句话字面意思是一种责备，语气却是一种鼓励。我明白母亲的心情。父亲去世后，母亲独自拉扯我们姐弟五个人，承担了很大的经济和心理的压力。我记得她时常念叨的一句话是："咱家这么穷，你们兄弟这么多，将来哪个姑娘肯嫁来呢？怕有小子要打光棍儿呢。"

我与金果的恋情，母亲看在眼里，流露出的是慈爱大于关切。她大概以为我们是小孩子家闹着玩的，未必对这层关系抱以期望。她抖落一天的劳累，说出"毛伢子家家，还谈恋爱。多点点大嗨！"这句话，让我在不服气的同时，感受到更多的是她温暖的母爱与慈祥。

到家后，我放下行李，第一件事当然就是去找金果。休假的事，虽然已经在信中通知了她，但是具体哪一天回来是不确定的。

怎么通知金果我回来了呢？

她家我是不能去的。我们谈恋爱还瞒着她的父母，如果让她家人知道了，对她管严了，就不容易出来跟我约会了。假装到废品收购站去卖废品是个好办法，家里总能找出一些破烂废品什么的，到那里一卖，岂不就见着金果了？可是，等我拎着一小卷旧书报，满头大汗地来到收购站，在昏暗的仓房里瞪大了眼睛，也没有看见金果。不巧得很，金果今天大概休班吧？

怎么办呢？我又想到了谢宛儿。

我骑上自行车来到谢宛儿教书的学校。正巧赶上放学，谢宛儿走在一群小学生中间，像一只大白鹅领着一群毛茸茸的小鸭子。我刹住车闸，一脚点地，

站在路口等她经过。

谢宛儿老远就看见了我，扬起一只手来，说："杨光，你在等我吗？"

我尴尬得很，不知道怎么表达要她传话的意思。好在我给金果买的蝴蝶发卡就装在衬衫口袋里，灵机一动拿出来说："是啊，我专程来谢谢你。"

谢宛儿接过蝴蝶发卡，兴奋得脸上放光，说："你有这意思就行了。还买什么东西。"

"一点儿小意思，小意思。"我连声说。

"你要给我写信也可以，别忘了加上'亲启'两个字，要不然你的悄悄话就让金果看了去啦。"谢宛儿爽朗地跟我开玩笑。

我的脸烧得通红，不敢看她的眼睛。我写给金果的信全都是寄到谢宛儿的学校，由谢宛儿转交的。这个办法是金果想出来的。用不着金果解释，我很理解这样做的道理。信既不能寄到她家，也不能寄到废品收购站。中国式家长拆看儿女的信似乎不存在道德障碍。收购站里没有文化的妇女们长着一双双好奇的包打听眼睛，一定会想尽办法知道信是谁寄来的？二者都会让金果难为情。谢宛儿身为教师，就完全不同了。教师收到一些信件是自然而然的事，也是一件有面子的事。她跟金果又要好，几乎天天见面。金果把我写的第一封情书给她看了，请她代为传信，她一口就答应下来了。

当谢宛儿问："杨光，你在等我吗？"我陡然意识到收信这件有面子的事却没有里子，谢宛儿收到我给金果的信，心里会是一种怎样的感觉呢？

"你几时回来的？"谢宛儿对我的脸红颇感兴趣，研究的目光一刻不曾离开。

"唔，"我想起找谢宛儿的目的，支支吾吾地说："刚到。还没见到金果呢。"

"她不在废品收购站吗？"谢宛儿见我摇头，又自言自语道，"哦，这两天她大姨妈来了，一定在家休息。喂，要我跟她说，你回来了吗？"

我的脸上顿时晴朗起来，连声说："谢谢，谢谢。"

谢宛儿心细，又问："你想跟她在哪儿见面？"

我说："你就说，我在家等她。"

金果家我不能去，我的家对金果却是敞开的。谢宛儿一定是中午就给金果捎了话，金果下午就来了。

兄弟们和姐姐都不在家。母亲下夜班在家，但并不妨碍我们。我把我们兄弟伙子住的房门虚掩着，留一条缝，一来让母亲放心，二来也是尊重金果的意思。

金果挨着我在床沿坐下，我抱住她的肩，她把头抵在我的颈窝，好像要嗅一嗅我的气味。心里有万语千言，一时间找不到头绪，竟然变成无话可说。她慢慢地弯下腰去，身体弓成一团，偎在我的怀里，双手围着我的腰，像一匹脊背拱起的小兽。当我轻轻地抚着她的背，她的身体微微颤抖，好像害怕冷一样，虽然这是盛夏的七月。

"哎，吃话梅，吃蜜饯。"我把从南京买来的各色果脯摊在床前的小圆桌上。

金果说："咦，你怎么知道我爱吃这个？"

我在她的鼻子上刮了一下，说："当然知道。"

金果在果脯里挑挑拣拣，说："这种谢宛儿最爱吃了。"

我说："你不用挑，走的时候全带走。我家又没人吃这个。"

金果说："那我就不客气了。"

我说："我还给你买了一个蝴蝶发卡，可是要让谢宛儿给你传话，就送给她了。"

金果说："送就送吧，反正我的好东西她看上了，想拿就拿的。"

我说："她帮我们传信，原是要感谢她。"

金果说："那倒不必见外。"

我忽然想起一句话，问："谢宛儿说你大姨妈来了，还要休息。哪个大姨妈？是何方神圣？让你班都不上了？"

　　金果愣了一下，忽然哈哈大笑起来，笑得眼泪都冒出来了。见我丈二和尚摸不着头脑，在我额角上杵了一指头，说："傻瓜，你这个大傻瓜。"又恨恨地骂，"谢宛儿这个疯丫头。"

　　我纠缠了她半天，方才弄明白所谓"大姨妈"，说的是不受欢迎的"例假"。

　　天热得很，我又受了嘲弄，头上身上全是汗，说："哎，我们去游泳吧！"

　　金果笑得用手掩住嘴，肚子那里一顿一顿的，让人担心笑断了肠子。她在我呆若木鸡的脸上"啵"地亲了一下，说："呆子啊呆子，你知道人家大姨妈来了嘛，怎么还提游泳？"

　　咦——这又是什么道理呢？

# 第十章

我们小城郊外有一条特别清亮的河水，人称"长沟"。那是从南山硫铁矿方向流过来的，据说水里含有硫、硒等微量矿物质，干净得清澈透亮。

过了一天，我骑着自行车，带着金果来游泳了。

出了城，来到一个叫冯桥的地方，从公路桥头折九十度，沿"长沟"护堤向紧深处走，越走越僻静，慢慢就看不见一个人影了。堤岸上高大的皂荚树把阴影投进河里，知了躲在树荫里一个劲儿地叫，太阳在田野里燃烧。

堤坝下有一座红砖裸露的水泵房，前方不远处又有一座桥，却是石板桥，架得高高的，只能人畜经过，不能承重过汽车什么的。我在桥旁捏住车闸，双脚支地，对坐在书包架上的金果说："到了，就在这里吧。"

金果爬上桥头，站在高处看风景。我是大江大河里过来的人，眼前这个小河沟，就不值得一看了。我急着下水，就脱了衣服，一个猛子顺河扎出老远，在远处露出脑袋，笑着对桥上喊："下来呀，下来呀。可痛快了。"

金果其实是瞭望一下情况，她大概觉得这里很安全，就在桥上慢慢地脱衣服。她的泳衣是事先穿好的，脱掉外衣，穿着泳衣的身体大面积暴露在天光之下，优美的曲线完全呈现出来。泳衣是天蓝色的，和蓝天的背景融为一色。因为年轻，她的肌肤柔光熠熠，崭新得如同一部刚刚走下流水线的迷你赛车。

我凫在桥下，惊讶地打量这一个美的存在，心里涌起不胜爱怜的情感。她从桥上一步步走下来，来到河边，先从草地上捞起我扔在那里的充足气的橡皮车胎，朝我砸过来，喊道："看什么看，接住。"

我头一低，让游泳圈落到了身后，张开手臂邀请她："下来，到这里来。"

她在倾斜的河岸上侧着身体往下走，到了我跟前，放弃了平衡控制，歪歪扭扭地扎下来，"扑通"一声落进水里，落到我的臂弯里来了。

我们在水里纵情恣意地缠绞在一起，像两条水蛇分不清彼此的肢体。不一会儿，金果呛了一口水，夸张地咳嗽，撩一下耷拉到眼皮上的湿发，捶了我一拳，说："不玩了，不玩了。唉，该死的。"

我把橡皮圈套在金果的腋下，推着她到了河心。这样静静地在河水里漂着，让金果心生欢喜。我护着那黑色的车胎，下巴枕着橡皮圈的外沿，两条腿自动地往上浮，就势箍在了金果的腰上。

我们在水里嬉戏了很久，直到身心都凉爽透了，才爬上岸来。换衣服成了一道难题。如果就这么连着湿漉漉的泳衣套上外面的衣服，那就太委屈金果啦。

我走到那个红砖裸露的水泵房前，看看可有什么法子可想。铁皮门的下角被扳弯了，好像曾被什么人撬过，门鼻子被人用八号粗铁丝扭绞着，我费了半天劲，把那粗铁丝弄开了。

金果从桥顶上拿了衣服已经下来。她欣喜地看着我打开了水泵房的铁门。泵房里除了一些巨大的阀门和管道，什么也没有。金果一步跳进来，高兴得直蹦。忽然，我大喝一声："别动！"

墙角里出现了一条水蛇。水蛇并不可怕，但是让它咬一口也划不来。我举起一块半截红砖，照准它的脑袋狠狠砸去，一下子就砸了个红白见喜。金果吓得捂着胸口，小心坎儿扑腾扑腾乱跳。我拾起一截树棍，挑着那条死蛇，猛使劲儿扔到堤外边的大田里去了。我没有扔进河里，因为下回我们还要来游泳呢，免得金果见了恶心。

金果站在水缸粗的管道旁，衣服用塑料袋装着放在阀门顶上。我站在门边，回头对金果说："快换吧，我在门外等你。"

我正要把门带上，金果说："别走。我一个人怕。"

这是我万万没有想到的。即将面对一个少女的裸体，这需要多么大的镇定和勇气。正当我的害羞像那条水蛇一样，一点点地爬出来的时候，金果已经开始脱泳衣了。她似乎并不介意我的在场，一点儿也没有感到难为情。

泳衣像昆虫的皮一样从肩上滑了下来，露出了圆而饱满的乳房，在滑过腰际的时候，并没有丝毫的犹豫，一下子就褪到了脚踝。弯腰时那个又白又大的屁股撅起来，令我想到"盆骨宽大的女人好生养"这句俗话。她跷起一只脚把湿泳衣从脚底下拽掉，有点站不稳，另一只手摇了摇，一下子就搭在了我的肩上。于是，她的青春胴体在我眼前一览无余。除了脚下一双塑料凉鞋，她的身上再没有丝毫多余的东西。我看见她的皮肤好像月光下的牛奶表面，有一层凝脂欲结未结的样子。双腿之间有可爱的阴影，像灶膛里的火从灶口蹿出来，在脐下开放出黑色花蕊。

当她穿好衣服，对我的表现很满意。她的目光在我脸上溜了一圈，促狭地朝我眨了眨眼，说："你也赶快换吧。你都看了我了，还等什么呀？"

我很瘦，因而显得下体不合比例地粗壮，好像我特别流氓似的。

我说："你背过身去。"她哧哧地笑，嘴里埋怨道："这不公平嘛。"但还是听话地原地转了一百八十度。当我哆哆嗦嗦地褪下泳裤，她忽然回头瞥了一眼，赶紧扭回头去，肩头耸起，勾着脖子，双手捂在脸上咯咯地笑。

我一刹那就换上了干裤头，扳过她的肩来，追问："你笑什么？你笑什么？"

她撩开我的手，仍然笑不住地说："呦，比那条蛇更吓人。"

我说："下回跟你算账！"


哎，美味的蛋糕应该与窝窝头花搭着吃嘛！怎么能写完一场约会接着再

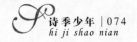
写一场约会呢？我到此才相信图老轨那"十全十美"的一夜风流并非无稽之谈。水手们的生活就是这样，涝就涝得要死，旱就旱得要命哦。

下次约会在图书馆斜对面那个公园。我们原来嫌公园里面幽深黑暗，不愿进去，只在外面的环湖小径上逡巡，现在再没有嫌暗嫌黑的感觉了，反而生怕不黑不暗了。晚上，我们手搀手，走了进去。

这座公园形似一个巨大的卵巢。进门后是一段长路，左右都是水，一边是白亮阔大的湖面，一边是铺满荷叶的藕塘，经过这一段"瓶颈"，后面骤然阔大起来，大道向两边分岔包抄，迎面是黑黢黢的山毛榉树林，几条铺了鹅卵石的小径穿插隐没在树林深处。

穿过树林，又看见那片白亮阔大的湖水了，它绕到了公园的后面，使公园成为一个伸进湖中的半岛。临水建有水榭长亭，沿岸一条曲折的游廊，好似苏州园林格局。我们在一个椭圆形漏窗下找了个长条石凳坐下。前面是伸进水面的石台，后面是漏窗，可以看见黑乎乎顶着天的林梢。

我把后脑勺枕在金果的大腿上，舒舒服服地躺着，金果用手一下一下地捋着我的鬓发，嘴里问道："你的生日是几号？"

"七号。"

"几月？"

"十二月。"

"嘻嘻，有趣。"

"怎么啦？"

"我也是七号。"

"你不会说我们同年同月同日生吧？"我翻身爬起来。

"谁跟你同啦？"金果一副不屑的样子，"我比你大整整三个月。"

"这有什么趣？"我听说她比我大，口气有些不满。

"谢宛儿也是七号，又整整比你小三个月。"金果为了证明她说有趣不是空穴来风，进一步指出。这一回说得有些不大情愿。

"哦，是这样啊。"我恍然觉得有点儿神秘。

短暂的沉默。这对金果是不公正的。怎么能因为谢宛儿，在我跟金果之间生出沉默来呢？好在只是一瞬间，金果马上想出话题来，把气氛又挑活了："哎，你要叫我姐姐呢！"

我把头摇得像拨浪鼓。

金果揪住了我的两只耳朵，娇嗔道："叫！"

"金果。"

"不对，叫姐——"

"嘻嘻。"我胳肢金果的腋下，趁她护痒，把耳朵从她的控制下摆脱了出来。

金果又扑到我身上，牢牢地箍住我，牙齿几乎咬着我的耳朵，小声说："叫姐。不叫不行。"

我趁机把手钻进了她的衬衫底下，一下子就来到前沿阵地，爬上了乳罩这座小山，感觉占领得不彻底，又试图从乳罩的下边缘，从铁丝网下爬过去。

她及时地指导我："扣子，在后边。"

……

事后回想，这一幕可能就是我和金果两情相悦的最高峰。

如果条件许可，我提出任何要求，金果当时都会答应我。但是那地方显然不适合走得更远了。随时会有人来。而过了这一村，再没有这一店了。此后我再怎么努力也没有类似的机会，金果大概意识到这样很危险，下次约会不等这种情境出现，就巧妙地撤退了。而我努力的机会并不多，因为不久休假就要到期了。

一想到分别，我就痛苦得连连唉声叹气。

我的雄性荷尔蒙像一座水库越涨越高，我的好日子却像浪子兜里的金币越来越少。到底，只剩下了最后一块。

回船前一夜的约会，那是一杯掺了毒汁的美酒。不管我们是否情愿，我和金果，必须把它饮下。

我们像初次约会那样沿着公园门外的那条环湖小径向前走，一直走到了它的尾巴梢。小径在尾巴梢上分了岔，一条向右拐出去，通向大路，一条向左拐，通向一座断桥。

断桥连接的是一个湖中岛。因为年久失修，桥面的木板全部朽烂了。只留下两根黢黑的檩梁担在水泥桥墩上。檩梁有十几米长，衰朽得如同八十岁的老汉，有些部位更像老汉豁了的牙口，随时有折断的危险。不过，胆子大的人还可以从檩梁上通过，所以说，断桥又没有完全断掉。

我和金果要到对面那无人问津的荒岛上去。因为心里痛，不愿到好去处，专拣鸟不生蛋的地方流连。如果是白天，我踩着檩梁，连跑带跳就能跨过去，但是黑夜，又带着金果，我们要通过那两条檩梁就比较难。

我和金果面对面，各自踩着一根檩梁，把手臂伸给对方，相互搀扶着，作横向移动。十几米，并不需要移太多的步，我们竟磨蹭了好几分钟。与其说是谨慎和胆怯，毋宁说是一种潜意识支配下的相互折磨。

荒岛上生长着杂乱无章的灌木，若有若无的小路快要被荒草淹没了。我们不敢向荒岛中间走，只沿着湖岸寻路。为了防蛇，我走在前面，用一根树枝不停地扑打路边的草丛。另一只手反伸向背后，像一只火车挂钩，挂着金果的小手。

有几株高大的乔木在月光下黑黢黢的，特别令人惊心。它们洒下淡淡的月影，似有似无。乔木并不担心自己有没有留下影子，好像它对自己的威严很有自信的样子。蓝幽幽的湖水反射着月亮的光辉，那可一点儿也不含糊。

我们在湖岸边一处柔软的草地上坐下来。身处乔木高大的阴影之下，面对湖水。金果回头看了一眼背后的乔木，对我说："它们站在那儿，好像一些大人似的。"

我听出金果语调中的惶恐，把她揽在怀里。为了消解沉闷，我给她讲一个故事："这是契诃夫写的故事，老人与马。一个拉雪橇的老人在大雪天里等客人。他好不容易等来一个客人，想跟客人拉拉话儿，可是，客人不要听。他等啊等啊，想等一个愿意听他说话的人。大雪把他的马儿，还有他自己身上都下白了。他跟马儿说起话来。你知道他想说什么吗？"

金果问："什么呢？"

我忽然想起这个故事的真正题目，摸了摸后脑勺说："嗨，我讲错了。题目不叫老人与马，叫——苦恼。"

金果看着我笑了起来，苦恼人的笑。

金果说："别苦恼了。我给你唱支歌吧。"

"好啊，好啊。"我高兴起来。

金果从我的怀里挣出来。坐直了身体，清了清嗓门。忽然头一歪，问："你想听什么歌？"

我笑话道："你还没想好啊？"

金果的眼眸子在眼眶里冉冉转动，说："也不是没想好。"

我说："那就唱啊。"

金果忽然把我揽过去，像我刚才揽着她一样。她说："那我给你唱《归心似箭》中的主题曲。我唱了啊——"

"唱吧。"我说。我们俩一道看过这部反映抗战的影片，剧中由斯琴高娃扮演的女主角深情演唱的歌曲，此时从金果的嘴里飞出来——

> 雁南飞，雁南飞，
> 雁叫声声心欲碎。
> 不等今日去，
> 已盼春来归，
> 已盼春来归。

金果的歌声在蓝幽幽的湖面上轻轻地、轻轻地荡漾开去。我的心随着那歌声飞到了天外。当唱到"不等今日去，已盼春来归"时，我忽然明白了金果为什么欲唱不唱，她怕这深情的歌声给我带来伤痛啊。想到这里，我感到一阵揪肝摘胆般的难过。那种难过超越了心理上的忍受极限，完全是一种生理上的。

"已盼春来归，已盼春来归。"这哪里是歌词，这分明就是金果的深情呼唤啊。

# 第十一章

我又回到船上，回到那种灰暗、抑郁的生活之中。

夜晚，庞大的船队上水经过我家乡的江畔小城。可惜它无法停下来，让我回到心爱的金果身旁。我站在甲板的天篷下，扶着船舷栏杆，默默地遥望江岸。

我愿意每回经过这里，都能够近距离地观赏家乡的堤岸。可惜因为航道原因，船从猫子山起，开始偏向北岸，一溜歪斜，离着南岸的家乡纵向距离越来越近，横向距离却越来越远。我只能站在船上，遥望南岸马鞍形的山体轮廓，想象我心爱的姑娘，此时此刻，在那片令我心驰神往的土地上做些什么。

不知什么时候下雨了，潇潇雨水打湿了我颧骨凸突、两颊凹陷的脸。我并不想退缩进天篷深处寻找遮蔽，而是任凭斜风细雨浸润我瘦削的身躯。打在脸上的雨水冰凉地流下来，流成了水道子，宛如眼里淌下来的泪一般。那是一种凄冷的感受。

风雨如晦。身后的舷窗传出叮叮咚咚的吉他声，弹琴的是船上的厨师刘兆鱼。从舷窗看进去，黄色的灯光下，一个汉子留着青皮葫芦头，抱着一把吉他在轻轻地弹拨。

厨师刘兆鱼，绰号"和尚"，二十七八的年纪，个矮，黑皮，脸上有些

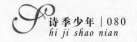
来历不明的疙瘩，张开嘴露出两颗虎牙。记得刚见面时，他曾留有一头长发，不久剃成了光头。知道底细的水手议论说，刘兆鱼的对象又吹了。在他彻底离开长江 2057 号之前，我见过他不止一次地剃光头。如果头发长起来，不再剃去，伙计们就说：这表明和尚又闹恋爱了。这几年，刘兆鱼总闹着恋爱故事。每次失恋他都要把头剃得精光，以示愤慨。姑娘们全然不听刘兆鱼在歌中所唱：

> 虽然我是个穷光蛋，
>
> 人也长得不怎么样，
>
> 可是你要想一想，
>
> 看看自己的长相。

姑娘们不管自己长相如何，总是嫌他身材矮小，面皮寒碜；或是嫌他做餐务员，干的是女人活。伙计们善意地嘲笑刘兆鱼："失恋都有点像女人习惯性流产了！"

有一天傍晚，我看见他和一个姑娘在江堤上散步。江堤内的斜坡用大片石砌成，白天的余热从石缝里慢慢地挥发出来，好像大地呼出的气息。水边上有一些青黑的芦苇随着水波荡漾，晚霞已经泛出青色的暮气了。

刘兆鱼和那个姑娘沿着坡面往上走，那样子很有一些浪漫，好像爱情电影中的镜头。我坐在堤顶上齐腰高的筑墙上看落日，刘兆鱼跟那个姑娘朝我走来，好像特意让我看个清楚似的。

走在前面的姑娘一点儿也不知道委婉含蓄，笔直地冲我而来。我看出她的眼睛一只大、一只小，要不就是受过外伤，有个吊疤。除了这个毛病，五官中其他部分尚可，白是最大特点。

走近了，刘兆鱼朝我露出虎牙笑了一笑，好像为自己的幸福对别人说："抱歉，哥们儿。"这只是我的想法，他并没有真的跟我说话，好像一说话会惊跑了他的爱情似的。

那姑娘头侧着，用眼风瞟我。她穿一件当时流行的布拉吉；塑料底的高跟凉鞋敲得地面咔咔响。她用眼角的余光斜睨了我一眼，好像是说：你这个傻瓜，坐在这儿望什么呆，不如追我才好！

我不敢承接她骄傲的好意，也不敢跟刘兆鱼打招呼表明我们认识。我假装被风眯了眼，把手举到脸上煞有介事地揉眼皮。通过另一只眼睛我看见刘兆鱼亦步亦趋地跟在女人身后，像个跟班似的，随着她走远了。

此时的刘兆鱼刚刚剃过光头不久，头发楂子还没有长起来，青青的头皮在落日的余晖中泛着恼人的红光。

回船后，我向曹志高等人宣布说："和尚又恋爱了！"

这次恋爱的寿命仅限于让我们看见和尚留着小分头的样子，因为理了小分头不到一个星期，和尚又恢复了光头，青青的头皮愤怒得像电灯泡一样亮。

在此之前，那个女的又到船上来过一次。这一回不知怎么搞的，两个人闹崩了。快开船的时候，那个女的扭着屁股，甩搭着一只坤包，头也不回地跨上码头栈桥，走了。

船舱里扔下刘兆鱼，还有一串从安庆买来准备贿赂女方的毛刀鱼。

眼看那个女的走上高高的防波堤，就要消失在视线中。这时，船已拉过起航的汽笛，我们站在船舷靠码头一侧，准备解缆绳。忽然，刘兆鱼像发了疯似的从船舱里蹿出来，手里拎着那串毛刀鱼，高喊着姑娘的名字，像一支离弦之箭，飞出船外，直奔岸上追去。

急得池船长在驾驶台上用高音喇叭喊："刘兆鱼，你回来。刘兆鱼，你回来。"

为此足足延迟了一刻钟开船。刘兆鱼在码头上跟那女人拉扯半天，坚持要将毛刀鱼送给女人。女人坚持不要，以示决绝。我们眼看着那女人骄傲得像个公主，扬着下巴走了。刘兆鱼垂头丧气地回到船上，手里还拎着那串可怜巴巴的噘着嘴的鱼。

池船长在喇叭里骂："龟儿子！人穷志不短，长点出息吧你。"

刘兆鱼脸色铁青，一言不发地钻进船舱里去了。

刘兆鱼虽然长得寒碜，一手吉他却弹得非常出色。在这寂静荒凉的江上之夜，除了轮机频率单调的嗡鸣，就是凄风苦雨的呜咽，刘兆鱼的吉他声给这阴暗的世界带来一抹暖色。伴着吉他，刘兆鱼亮开沙哑的嗓门儿唱了起来：

> 多幸福，
>
> 和你在一起，
>
> 你的吻像烈火
>
> 燃烧了我的心。
>
> 啊，你就是幸福，
>
> 我要把这秘密
>
> 藏在心底。

站在刘兆鱼的舷窗外，面对黑漆漆的江天，我恍惚看见了金果的面影，像一个精灵在雨夜里飞舞。突然，我感到冷冰冰的雨水挂在脸上竟然变作热的，伸手抹了一把脸，这才意识到豆大的泪珠滚出了眼眶。

船上作息时间与陆地上不同。在船上，船员们分三班，每班作业 4 小时。分别从 0 点到 4 点；4 点到 8 点；8 点到 12 点；周而复始。船上开饭时间也比陆地上早。一般来说，早餐总是稀饭馒头，什么时候吃随便；上午 10 点 30 分，厨师摇铃铛开午饭；下午 4 点 30 分，厨师摇铃铛开晚饭。

从吃晚饭到睡觉，间隔时间比前两顿饭加起来的时间都长。可是习惯之后，并不感觉睡前饥饿。当我读到释迦牟尼佛有"过午不食"的戒律时，曾经幽默地想，也许这就是"水和尚"向真和尚进化的过程吧。

船员们吃过晚饭，往往是一天中最逍遥的时光。

西边的太阳还半高地悬挂在天上，染得一江浊水红红的。夏天的微风从江面上徐徐扫过，雄浑的大江亘古如新，默默流淌。大江永远是那个样子，令人想到时间并没有流逝，流逝的是江上的人物，我们的青春。

厨师刘兆鱼坐在背阴面的水手舱外，将一只脚架在船舷的栏杆上，怀抱吉他，用一种忧郁而又缠绵的调子，唱出一种令人伤心的甜蜜忧愁——

> 时光一去永不回，
>
> 往事只能回味。
>
> 忆童年是竹马青梅，
>
> 两小无猜日夜相随。
>
> 春风又吹开了花蕾，
>
> 你也已经添了新岁。
>
> 你要是变心时光难倒回，
>
> 我只有在梦中相依偎。

刘兆鱼的吉他弹唱常常令喧闹的水手们安静下来。我和曹志高尤其听得如痴如醉。我们常常陪伴在刘兆鱼身旁，希望他能教我们一手。可是，刘兆鱼并不肯教。

曹志高是个拿得起放得下的人，既然刘兆鱼不肯教，他对吉他的热情也就淡了。我却梦想有一天，能弹一手像刘兆鱼一样好的吉他，回到家乡，当着金果的面，弹一曲《雁南飞》。

为此，我拿出大半个月工资，在南京买了一把"红棉"牌吉他，打算进一步结交刘兆鱼，请他教教我。可就在这时，一场闹剧把"和尚"刘兆鱼从我的生活里剔除了。

那是船到南京的一个午后，长江 2057 号在一号码头靠泊。船员们有家的回家，没家的逛街，船上只留下值班的几名船员。

　　这时，从河岸滩涂上那片柳树林子里走上船来三个女子。她们约莫二十出头的年纪，打扮得花枝招展，娉娉婷婷，通过七歪八扭的浮桥，登上我们这条仿佛睡梦中一座空城的船舶。

　　值班水手看见了问，干吗的？她们嘻嘻哈哈地说，上船来洗澡。其中一个自称是"刘哥"——刘兆鱼的亲戚。

　　"刘哥"刘兆鱼当然出面接待了她们。他亲自守着三楼的洗澡间，防止水手们冒冒失失地闯入，以便让这间男人的澡堂供女人们临时享用。

　　女人们把多余的衣物留在刘兆鱼的船舱里，只穿着贴身的内衣一个个穿过走廊，鱼贯进入洗澡间。她们可真能洗呀，仿佛永远也洗不完似的。洗完了，也不走，在水手舱里东溜西蹿，一边梳那滴水的头发，一边咯咯地笑着说话。

　　直到日薄西山，晚霞笼罩了船舶。我以为她们早走了，忘记了她们的存在。忽然间，看见她们不知从哪个水手舱里钻出来，窃窃窕窕的，方才离开我们的船。

　　如此这般洗澡，已经不是第一回了。这一次，女人们离开之后，刘兆鱼突然惊叫了起来，声音尖锐刺耳："我的钱，我的 200 块钱哪儿去啦？！"

　　刘兆鱼断定，是洗澡的女子把钱偷走了。他几乎毫不犹豫地报了警。结果呢？搬起石头砸了自己的脚。

　　公安人员根据刘兆鱼的举报审讯了三名女子。审讯结果表明：三名女子中至少一个人是借洗澡之名，上船来操皮肉生意的暗娼。她确实偷了刘兆鱼 200 块钱。可是偷钱是有理由的——

　　"和尚睡了人家，却讨价还价，杀价太狠了！"

　　暗娼当然受到应有的处罚。可是，"和尚"这个举报太可笑了，他干下坏事怎么敢报案呢？甚至连累别的水手惊恐不安。好在除了偷钱的女子，另外两名女子牙关咬得紧。也许她们还没来得及下水，也许她们下水后待遇良好，总之这事止于刘兆鱼一身，没有牵扯到更多的人。

　　这事一时间传为笑谈。但是对于刘兆鱼来说，就不是笑谈了。当时对嫖娟的处罚是：劳动教养！

刘兆鱼被逮走了。

逮他的时候，我刚从新街口买了那把"红棉"牌吉他回来，兴冲冲地扛在肩上，像扛一把重机枪那样。到了码头堤坝前，发现道路旁停了一辆警车。正疑惑间，只见刘兆鱼脸色沮丧地从堤坝的闸口里走出来，双手被铐在身前，身后跟着两名公安。

刘兆鱼看见我，本能地停下脚步，流露出不舍之意。公安推搡他上车，动作有点大。霎时间，两颗豆大的泪珠从"和尚"那黑不溜秋的刀条脸上滚落下来。

刘兆鱼走了，我的唯一可能拜师学习的机会成了泡影。虽然我练习吉他非常刻苦，还买了书，在吉他的六根琴弦上几乎磨破了手指，然而因为没有老师，学不得法，一切努力终归徒劳。我只会弹一些单调的旋律，或者简单的贝斯，一直没有学会在优美的旋律中杂糅着好听的和声那种弹法。

刘兆鱼之后，新来的厨师对我很不好，凶巴巴的。让我更加想念那个矮个子黑皮，会弹吉他的"和尚"。

# 第十二章

深秋的傍晚，天上灰蒙蒙的没有太阳，江边一片萧索景象。风从北岸刮来，仿佛连电线都被刮得紧绷绷的。堤岸高坡上的草叶枯黄了，树木发黑，像一些皱纹满面的干巴老头呆呆地站在那里。

我在河校后门外的江堤上游走，找寻那片曾经见过的三叶草。满地的杂草疯长得与上次来很不相同了，它们几乎淹没了那一小块生长着三叶草的地方。但我心爱的小草们还是顽强地生长着，当别的杂草高过三叶草的时候，纷纷显露出凋敝的色相，而三叶草匍匐在地上，还是那么郁郁葱葱，在一派高压下葳蕤不凋，显示出顽强的生命力。

三叶草给了我勇气和信心。在那些灰暗阴郁的日子里，我的生命温度仿佛降到了 4 摄氏度左右。4 摄氏度的水比重最大，沉在大河底部。唯其沉在底部它才远离了河面冰冻，保持了流动的能力。

去看三叶草就是我的心灵流动。心灵犹如一尾小鱼，在缓慢流动的大河底部寻找尚存不多的一丝自由。它使我避免了浮在生活表面，与那些漂浮物一道冻结在人性的荒原上。

即使在最阴郁的日子里，美好的事物仍然无处不在。

船到吴淞口，在一眼望不到边的江面上抛锚。夜晚，天上没有月亮，吴淞口外的江面黑压压的。偌大一个世界完全被黑暗主宰着，只在很远的地方才有一两盏船灯，给这世界一星半点温暖。我在船尾甲板上坐着，忧郁的情绪潮水般轻拍心灵的堤岸。当我感觉到寒冷，站起来四处走动，在甲板的船舷旁看见了捉蟛蜞的王龙干。

蟛蜞，是一种傻傻的小动物，穴居于海边或江河口的泥岸，性喜趋光，似蟹，但比螃蟹个儿小，口味差，真是食之无味、弃之可惜的东西。因为船上有强烈的灯光照耀，吸引了蟛蜞趋光的天性，王龙干把几根粗粗的草绳贴着船舷拖到水里去——钓蟛蜞！

蟛蜞顺着草绳极快地爬上来，一个个争先恐后。它们的形状长相与螃蟹无异，大的如茶杯口儿，小的如铜钱儿，一个个爬起来极快。在这茫茫黑夜，船头的灯光对它们来说诱惑力太大。不幸的是，他们刚一爬上来，就被王龙干活捉，飞快地投入铁牢——一只深广巨大的钢精锅。

我忘记了自己的忧愁烦恼，参加了王龙干的捉蟛蜞行动。王龙干嫌草绳太简单，怕蟛蜞们找不到上来的路，他让我到船艏甲板下的物料舱找来几张草包，把草包们用铁丝连缀起来，成一个面拖下水去。蟛蜞们的登天之路由线扩展到面，于是上来的更多了。

我捉到一只极小的蟛蜞，只有拇指盖儿大小。它的背壳颜色还不曾变青发黑，是淡淡的水黄色，八条小腿急速地动作，惊恐地想逃避我的控制。我把它摁在我的拇指上，轻轻捏住，对王龙干说："瞧它！多傻呀。不好好待在水里，爬上来找死！"

"它是为了光才上来的。"王龙干说。

"可是，光对它来说有什么用呢？"我说。

"这是一个谜。"王龙干忙着收拾爬上甲板来的蟛蜞，显得无心跟我搭腔。过了一会儿，他说："其实人啊，有时也和蟛蜞一样。只是悟不出罢了。"

"……"我被他的话引入沉思。

　　"人们总说光是好的。但是把蟛蜞引入铁牢的光你能说是好的吗？有的人，你说他傻也不傻，可是莫名其妙就把自己的生活葬送了。为了一个虚幻的名堂，本来生活得好好的，突然间就不过了，豁出去了……"

　　"可是……人不是应该有所追求吗？"

　　"你是说正义和理想？小兄弟，我懂你的意思。人类不该摒弃理想，就像蟛蜞不该摒弃趋光一样。但是，天性是一回事，怎么做又是一回事。引我们送命的哪怕是'光'，也不能成为充足的理由。"

　　他说的这些跟我在书上读到的完全不一样。我有点迷茫，找不到头绪。

　　"上帝和王都是值得人们敬畏的。因为那是两样可以轻易摧毁一个人的东西。不过，我为什么要跟你说这些呢？这不是你应该关心的。忘掉这些吧，我是在跟自己谈心呢。"

　　王龙干在我眼里突然显得有点儿陌生。想不到这个平素不声不响的人，心里对人生有自己很深的想法。王龙干似乎觉得自己说多了，想要消除他的话给我造成的影响，于是继续说道："有的人把名誉、地位、金钱、美女什么的当成光，拼命追求，结果把身家性命都搭进去，就更像这些傻傻的蟛蜞啦。"

　　"这么说，我很明白。"我总算听懂了他说的话，赶忙表示赞成。

　　王龙干又忙着去抓那些上当的蟛蜞，不再多说什么了。钢精锅里蟛蜞越来越多，眼看就要装满了。

　　我可怜那些为了光爬上死路的蟛蜞们。尤其可怜我手上的这只拇指盖儿大小的生灵。它伏在我的拇指上，竟然一动不动。我朝着江面狠劲地抛出我的大拇指，那个呈淡淡水黄色的小东西竟然抓牢了我的手指，没有被甩下去。我又接二连三地抛掷了好几下，仿佛对着空旷无边的大江比画着大拇指无声地叫好。最后，我总算摆脱了这只喜光的小动物对我的依附，感觉被它蛰伏过的地方有一片新鲜而微妙的清凉。

　　当钢精锅里的蟛蜞多到再也装不下时，我们结束了这个游戏。王龙干把它们拿到厨房的蒸锅里煮了。虽然并不好吃，还是吸引了不少尚未睡觉的水手，大家七嘴八舌，半吃半扔地拿它们下了酒。

我在江上还捉过一只小鸟。

吴淞口外的锚地，四下里是茫茫苍苍的浑水，极目远眺看不到陆地的边缘。在船舷的护栏上，我看见一只绿翅黄翎的小鸟，美丽极了。它大概飞得太累，将头插在翅膀底下，沉入酣睡。我好像还没有看见过羽毛如此艳丽的小鸟，它是从哪里来的呢？我悄悄地走上前去，伸手一捉，竟然被我捉到了。它在我的手里扑棱，挠得手心怪痒痒的。心里顿时充满了欢乐之情。

我把小鸟带回船舱，关好门窗，然后放了它，玩弄猫捉老鼠的游戏。可怜的小鸟叽叽喳喳地叫着，惊恐万状地乱飞乱撞，在这小小的船舱里，从一个墙角逃到另一个墙角。我一刻不停地将自己投向小鸟，浑身兴奋紧张。一种莫名其妙的恶作剧的快意，使我的心脏收缩有力。

忽然，一泡稀粪落在我的被褥上，气得我哇哇乱叫。小鸟却贴在床头顶上的墙角里，扭回头来，闪动着一双乌亮的眼睛。

"哼！骚货。"我恨恨地骂了一句。

没有鸟笼，一时找不到地方安顿这位小小的天使。我找来找去，最后把盛满杂物的纸篓清出来，用麻线在纸篓的口上横一道、竖一道，布起密密的网，然后把这只尚不知名的小鸟放了进去。

船到上海，我专程跑到西郊动物园，去研究被我逮住的究竟是一只什么鸟儿。在鸟族馆，我发现它是鹦鹉的一种，又名娇凤。这是鸟族馆里数量最多的一种鸟儿，它们成群地从笼子的这头呼啸着飞到那头，来来回回，像一群叽叽喳喳放了学的少女。当它是独一份儿，我感觉它美丽奇特，仿佛世间绝无仅有。而在动物园，同样的鸟儿不止几十只上百只，完全无法数得清了。它们一时间竞相斗艳，这才让我放淡了那种沾沾自喜的得意。

回到船上，我仍旧非常细心地照料那只娇凤，把它当成自己的爱人一样

看待。我常常用一支铅笔逗弄它，直到有一天，我发现它不堪忍受，终于成功地弄松了纸篓的网口，逃离了我的魔爪。

我望着空空的篓子，不胜怅惘。

金果也是我的娇凤。

那段时间，我对金果的爱情真是长疯了。我几乎无时无刻不在想念她。娇凤飞走后，我曾手把着纸篓出神地凝视它，情不自禁地把鼻子凑近空空如也的网面，去嗅娇凤留下的淡淡味道。那个鸟笼我天天清洗，一点儿也不臭。我甚至偷用了邹竹友的花露水来祛味，这就使鸟笼有了一种特殊的混合味儿。那种味道激发了我的视觉记忆，我恍惚又看见金果的裸体。

我闭上眼睛回忆金果浑身上下只穿一双塑料凉鞋的样子，回忆她圆润如玉的双腿，双腿间可爱的阴影……那一幕太美了，美得令我常常怀疑是不是真的发生过。那红砖裸露的水泵房，抽水的管道，所有的细节太真实了，确凿无疑地向我证明，我的人生曾拥有那样骄人的美好瞬间。

趁着船在栖霞山临时检修，我抽空回了一趟家。回来的时候，我把金果也带出来了。我们在南京玄武湖和中山陵度过了欢乐的一天。中午在鼓楼附近的"胜利"西餐厅吃了一顿西式套餐。

记得那时候南京城里经营西餐的饭店不多。"胜利"是我知道的唯一一家。西餐厅门开得很小，门上方有霓虹灯管弯出的洋文，灯管是白色的，很是别致。到了晚上，就变幻出红色、绿色和黄色，显得异彩纷呈。

我和金果奢侈了一回，坐在铺有台布的西餐桌前享用我们平生第一次西餐。那时候，我们见惯的饭桌都是油腻腻、脏乎乎的，陡然见到如此雪白厚实的台布，感觉自己像个"人物"似的，有一种虚荣心受到抬举的满足。西式套餐比较讲究，虽然只是快餐之一种，却有脖子上扎着绿蝴蝶结的青年侍者服务。他送上来两个方形的不锈钢托盘，托盘里盛着我们的食物。

最好吃的是小豌豆蘑菇炖鸡盅。鸡盅扣着一个白瓷罩，揭开来是一小罐冒着热气的鸡汤。鸡汤鲜、豌豆嫩、蘑菇肥，真是难得品尝的美味。金果小口啜着那盅鸡汤，非常娇美。她就像那盅鸡汤一样融化到我的心里，令我生出对生活美的赞叹。

我和金果对面而坐，每个人面前一只食盘。你用你的，我用我的，不像我们吃中餐大家把筷子伸进一只碗里。这种用餐方式让我们觉得新鲜。鸡汤的分量有限，简直不够一个人吃的，金果把她的鸡汤舀到我的盅子里，又分给我面包片，我说："不行，你一定要吃饱。"

金果说："我的食量很小，你又不是不知道。"

这一顿饭，虽然貌似没有吃饱，让我惭愧，可是看见金果高兴的样子，心里仍不免有一丝得意。

美好的一天转瞬即逝。当这一天结束，我就要回船，而金果呢？要乘当晚的火车回到五十公里开外的家乡小城。

傍晚时分，我们在南京新街口公交车站分手。她要去中华门乘火车，我要去鼓楼乘回船的交通车，时间不允许我把她送到中华门了。看见她挤上公交车去，转眼不见了。车上拥挤的乘客就像罐头瓶里的沙丁鱼，还有人扒住车门往上挤。我站在湿地里，头上飘着零零星星的雨丝，一种说不出来的惜别滋味在心里搅和着。

"金果，注意点噢……"我喊了这么一句，听见她在人群里闷声闷气地答应了一声。

车门关上，无轨电车无声地启动，滑行开去。这一刹那，我陡生一种悔恨的情绪，我要是和她一起走该多好！起码要送她到火车站，看她上了火车……

再去追她已经没有意义了。忽然，远处有人朝我吼叫，我抬头看去，是两个臂上戴着"交通管理"袖章的老头儿。我自忖并没有违反哪条规定，大概是他们看见我失魂落魄的样子，担心我被车撞到什么的吧？我赶紧快步穿过自行车道，混入熙熙攘攘的人流里去了。

在马路对面，我坐上与金果反方向的公交车，乘两站下车，来到鼓楼，在一面"企业自备车"站牌下，等候分局的最后一班交通车送我到栖霞山下的江边去。

天不知不觉就黑了。也许是在我乘公交车的时候黑的吧？我站在雨地里等车，雨也下得比刚才大了一点儿，肩上的宽边人造毛领挨上去湿漉漉的。川流不息的车灯将橙黄的灯光流泻在路面上，给原先被水银路灯照射成惨白的路面镀上一层华丽的光彩。路边的法国梧桐树干在雨中发出黑黝黝的光亮。

我不敢去屋檐下躲雨，生怕在我躲雨的时候，交通车没发现我就开过去了。多么漫长难熬的等待啊！我慢慢地踱步，脚下的皮鞋不久便湿透了。时间变得慢极了，我看了看手表，好久才挨过去五分钟。对比之下，白天和金果在一起的时光，简直就像百米飞人一样跑得快。现在，她一个人怎么样了呢？该上火车了吧？想起我们在一起的快乐，不由得又是一阵惆怅：唉，我要和她一起走，该多好……

在雨中等车的时候，我默默地吟咏江淹的《别赋》："黯然销魂者，唯别而已矣……"

这一刻对我来说，岂止是一个"黯然销魂"了得？

# 第十三章

　　船过武汉，向上驶进入长江中游航段。这里航道复杂，水流紊乱，不时遇上漩水、泡水。漩水夹着白色泡沫打着漩儿从船舷旁溜过，泡水咕嘟咕嘟往上涌，像开了锅一样。它们不仅看上去感觉凶险，而且可以刨起江底的泥沙，随心所欲地在航道上堆起一个个水下沙包，对航船造成实实在在的危害。

　　怕鬼偏有鬼。傍晚吃饭时，看窗外风撵着暗云，像撕扯破棉絮，一片一片从舷窗外飞过。突然，船身剧烈地颠簸起来，颤抖着，像疟疾病人打摆子筛糠一样。紧跟着，就听见"嘣！嘣！嘣！"几声巨响，机器声猛然低落下去。餐厅里的水手们扔下筷子，一跃而起：

　　"吃沙包！"
　　"断缆子！"

　　大家急忙跑上甲板。只见我们的顶推船队，像一片偌大的钢铁岛屿，横亘在浑黄的滔滔江水之中。风刮得甚急，如同细细的藤条抽过人们的脸颊，举目望去，大江上下煞是荒凉、空旷。前面的驳船船底插上江底的沙包，此时已是动弹不得；连接驳船与驳船、驳船与顶推轮之间的钢丝绳，在剧烈的

冲突下断了好几根。刚才那些巨响就是由它们的断裂发出的。若不是亲眼所见，你很难相信那些蟒蛇一般粗细的钢丝缆绳会断成两截。它们断裂时猛地抽回来，打在铸铁的系缆桩上，留下清晰的一股股钢丝的纹路。

顶推船队在江上断缆是很危险的。失去维系的驳船有可能顺水漂流而下，每艘驳船都装载着 3000 吨原油，要是流到武汉，撞上大桥桥墩，引起爆炸，那威力简直比得上爆炸了一颗炸弹。水手们都懂得这个道理，丢下饭碗一跃而起，立即各就各位进入抢险状态。

没有人多说废话。水手长老胡的哨子吹得人们头皮发紧，这哨声里的焦虑让人们感到危险近在咫尺。有的驳船已经失去控制，在江上放了鸭子。我们要以最快的速度将船队重新编组起来。

江上风很大，大块的乌云在北风的驱赶下迅疾地向南飞去。船长气急败坏地冲着扩音器大喊大叫，水手们像一群忙碌的小鬼，在船头船尾紧张地跑来跑去。为了把缆绳拉到驳船上去，需要先打出一条撇缆。邹竹友在这当口，竟然显示了他的不俗身手。当我们打出的撇缆纷纷落水，连水手长的撇缆也没能射到驳船上时，邹竹友把撇缆打上了漂流中的驳船。

三只散放的鸭子终于又拢到了一起，眼看大功告成，这时真正的悲剧发生了。肆虐的厄运好像不甘心俯首就范，一定要还以颜色，它让我们忙中出错，绞紧的一条钢丝缆绳再一次绷断了。断裂处，油麻芯爆出一小团雾状的花朵，"嗡"的一声蹿高三尺，在空中定格，慢慢散落如烟花一般。死神的影子像条鞭子从我眼前倏然划过，与此同时，一个人影随着那声闷响飞出了舷外。惊魂甫定的我们定睛查看，甲板上少了一个人，不是别人，正是邹竹友。

邹竹友捞上来时已经不行了。他的眼睛睁得很大，似乎想要说什么。我把耳朵凑近邹竹友的嘴巴，他的嘴巴张着，却说不出一个字。我从他的眼神里读出他的遗嘱，我认为那句话是："我的小帽子，捐给幼儿园。"因为邹竹友活得好好的时候，流露过这样的意思。

为要不要送邹竹友上医院抢救，船员们情绪很激动。最快的送医院的办法是顶推轮解队，单船驶往附近的宜昌。凭感情大家都想这么办。但是那就意味着把三艘情况险恶的油驳船抛锚在江上，其中一艘还处于搁浅状态。左政委给邹竹友把了脉，说："邹竹友已经死了。我们要把损失控制到最小。"

我听了这话，冰凉的泪水滑过了脸颊。

不知什么人骂了一句："我 ×！"回头看看邹竹友，确实是一丝儿气息没有了，只是嘴张得很大，两眼还圆睁着，翻出吓人的眼白。

最大的危险暂时避免了，但是船队的首驳船还搁浅在沙包上动弹不得。池船长下令加足马力倒车，几次三番拔不出来。正在无可奈何之际，想不到沙包这东西鬼得很，像个顽皮的恶少，闯了祸以后，悄然无声地溜之大吉。湍急的漩水不知怎么一来把沙包带到了别处，庞大的船队忽然活了。它在你不曾注意的时候渐渐游移起来，就像一条已经翻了白肚的死鱼，慢慢地又苏醒了。

池船长摇下车钟：前进！这个巨大的钢铁岛屿又缓缓移动了。

天色已经灰暗，大片大片的乌云向北急驰而去。池船长担心沙包再来捣乱，命令慢车前进，同时派几名有经验的水手到最前方的驳船上打篙，测量水深。时令已入深秋，水淋淋的竹篙在手上翻来掉去，一会儿手就冻麻了。同时，水手们大声地向后方喊道：

"三米五！……三米二！……四米！……三米五！……"

船头离驾驶台两三百米，加之风急，需要中间有人接力。水手长老胡把我派到这个位置，我就把前方测得的水深再喊一遍，传到驾驶台上。我们的唱答，在肃穆的大江上此起彼伏。

此时，邹竹友的遗体还躺在顶推轮船艏的甲板上，大睁着眼睛仰望苍天。假如他还能看见的话，他应该看到一行雁阵在乌云疾驰的天幕上划过，留下铁影般的雄姿。假如他还能听见的话，他应该听到滩涂上的芦苇在秋风中瑟

瑟吟唱，好像在为大雁招手送别。

邹竹友死后，左政委经常做噩梦，梦见邹竹友。

船员们说，左拐子说邹竹友已经死了的时候，他的魂儿一定还在身上，他听见了左拐子的话，他不会放过左拐子。

不久左拐子真的得了报应。

要说这是报应也不尽然，事情完全是循着现实的逻辑发展的，一点儿也没有玄幻色彩。要说清楚这件事，得从池船长在分局受了批评说起。

这位人称"池老板"的池大钊是个有点"匪气"的人，因为长相凶蛮，额角有一个疤痕，且喜穿一件黑纺绸的短袖衬衫，伙计们背下里戏称他"土匪"。

"土匪"这天受到批评，原因是"有的船长竟然在无线电话里骂娘，完全不顾自己的身份，忘了自己是一船之长。"

这是怎么回事呢？话说有一天船从安庆回来，离南京栖霞山锚地还有十几里路，可是天已经黑了。从基地进城的交通车最末班是八点，如果赶不上的话，南京住家的伙计们今夜就回不去了。池老板在无线电话里和基地调度联系，请求他们让交通车稍等片刻。调度竟然不肯通融，调侃道："跑一趟安庆才三四天嘛！三四天不回家就熬不住啦？"

池老板气得在电话里大骂："他 × 的，老子弟兄们回家睡自己的女人，又不睡你老婆睡你妹子，嚼什么驴 × ×！你们龟儿子天天回家抱老婆，怎么不说熬住熬不住。"土匪船长骂完了，气头上又以明天中午拒绝开航相威胁，好歹总算拖住了交通车，让南京住家的伙计们回去过了一夜。而池老板自己的家并不在南京，自己并不回去。

池老板的家在武汉。我们南京分局成立之初，整个是从武汉搬下来的，船上半数伙计都是武汉人。因而船上有一条不成文的规矩，船过武汉，总要靠码头一夜。不久，分局新班子上任，明令禁止——不得无故在武汉停航。

池老板为南京船员争取回家过夜的机会，其实也是为了平衡船员之间的矛盾，为武汉船员争取停靠码头的舆论支持。没想到这通电话给他惹来了严厉的批评。池老板是个犟眼子，早年在海军服役，养成了服从命令的基本素质。受到批评，他的倔劲儿上来了，一心要做给人看。

下一个航次，船从临湘下驶，半路上左拐子忽然病倒了。肚子痛得要命，额头上渗出冷汗珠子，细密的一层。左拐子平素和池老板感情不错，池老板捅了娄子，都是左拐子帮他在上面遮盖或打圆场。左拐子发病，痛得要命的时候，船已临近武汉大桥，于情于理，池老板都应该把船靠上汉口的码头，让左拐子上岸就医。可是，土匪的倔脾气上来了。他想，这样一来，机关的那些"龟儿子"又会嚼舌根子，说他找借口在武汉停航了。他坐在左拐子床边，握着他的手说："老伙计，还能忍吗？"

左拐子这时候是"哑巴吃黄连，有苦说不出"。他在老池的脸上也许看见了邹竹友的影子，这是邹竹友在报复他呀。他闭上眼睛说："老池，你做决定吧。"

池老板狠狠心，一咬牙冲上驾驶台，喊道："全速！机舱给我加车，加车。"船一下子冲过武汉，奔黄石去了。

左拐子得知武汉已过，这一下可把他气得不轻，他的眼前出现了幻影，老是觉得邹竹友附体池大钊要来害死他。谵呓中他厉声痛斥池老板，骂他狼心狗肺，不是玩意儿。他要是屈死了，化作厉鬼绝饶不了他。

厨师老王像个太监似的围着左拐子团团转，眨着惊慌的眼睛嘀咕道："小声点儿，小声点儿。"他怕池老板知道了，会把气撒到他头上。

四个小时后，在黄石医院里，医生给左拐子做了阑尾炎割除手术。

小护士走出手术室，对满脸汗水颇为紧张的池老板说："哎呀！真危险，再晚来一步，阑尾就穿孔了。"

据说，池老板当场流下泪来。那个土匪模样的硬汉子为什么会流泪呢？厨师老王说，池老板对左政委有感情。机匠老枪说，扯淡！如果真流泪，那

也是池老板为自己差点闯了大祸而后怕吧？

对于这个结果，船员们普遍感觉不满足。要说是邹竹友冥冥中的报复，那也还不够狠。电报员王龙干指出：老实人即使死后有灵，对仇家实施报复，也还是脱不了善良二字。

船到南京，曹志高休假回来，从岸上给我带来一封信。这封信让我看了躁动不安，金果在信中流露出分手的念头，虽然没有明说，我还是觉得有必要马上回家一趟，当面跟她谈谈。

# 第十四章

自从上次带金果来南京让她一个人回去，我就感觉情况不妙。

金果来信的频率和语气都有变化，渐渐表现出一种离心倾向。我想，当我在雨中沉吟"黯然销魂者，唯别而已矣"的时候，不知道金果怎样痛彻肺腑呢！是不是我们将来不得不经常忍受的这种痛苦，使金果幡然醒悟，改变了初衷呢？

事实证明，这还不是主要原因。主要原因是那次来南京，使金果的母亲发现了我们之间的关系。

我们的约会一直瞒着金果家人。金果的母亲反对我们建立恋爱关系，这一点金果比我有更清醒的预料。所以，当我试图大大方方地出现在她家门前，不再躲躲闪闪时，金果总是委婉地要求隐蔽得再久一点，再久一点，时间也许能够改变一切。现在看来她是对的，即使一切命中注定，拖延战术起码可以让我们的甜梦晚一些被人搅扰。

不幸的是，金果那次来南京，回去就被母亲审出了真相。她是那样失魂落魄，以至于原本抱定主意不向母亲公开的秘密，轻易就交代了。

金果母亲从女儿嘴里了解到我的身世：父亲去世，母亲独力带大五个孩子。家里底子薄，负担重，穷是一个无法回避的事实。而我本人又是水手，

将来肯定顾不上家。金果的母亲从实用价值观念出发，几乎连想都不想，认定这是一门糟糕的婚事，必须拆散。

金果的变化使我立马提出休假的要求，回了一趟家。这是一次最糟糕的休假，因为焦虑造成心智下降，使我回家的第一天就犯了一个错误：让金果母亲发现我回来了。

因为急于见到金果，我冒着等于自杀的风险来到金果家的后门，希望马上见到她，好让她知道我回来了。金果家的后门旁有一座披厦作为厨房。厨房内小窗下有一个水池，金果时常在那儿洗衣洗碗，我在厨房外走了几个来回，希望金果出现在小窗里。

果然，仿佛钻出阴霾的一轮旭日，在那个装有窗棂的一米高、半米宽的阴暗小窗里，我看见了那个令我心软无比的脸庞。

"金果！"我在窗外张开口形，无声地大叫。

金果把手藏在胸前，急忙朝我摇手。脸上又是惊慌，又是焦急。我正揣测金果是什么意思，在她的身后忽然出现了一张苍白多皱的老脸，突兀的鹰钩鼻子令人联想到童话里的巫婆，她瞪着一双好像掉在面团里的黑炭般的眼睛，阴毒地看着我，令我浑身打了个哆嗦。

我立即转身走开，还是晚了。我们的无声交流被金果母亲发现了。她立即加强了对金果的控制。所以，金果很难找到机会来与我约会，即使来也都是匆匆忙忙，谈不了几句，就要赶回去应付她的母亲。

而我们又都谈了些什么呢？见面讨论最多的是如何说服她的家人。金果对我的感情没变，可是我要抨击她母亲狭隘自私，她就不能同意了。我明确地感觉到在我和她母亲之间，展开了一场对金果的争夺战。这场没有硝烟的战争，以金果对我的态度为判定胜负的风向标。

多年以后，当我重新审视这场"战争"时，发现痛苦的并不只有我。金果作为被争夺的对象其实比我还要痛苦。这是我当时所想不到的。当金果想要从我这里汲取力量时，我想要的仅仅是她对爱情的不打折扣的忠诚。

如果我稍稍成熟一点儿，理智一点儿，也许情况会对我有利。但我都做了些什么呢？我不能容忍金果有丝毫的动摇或犹疑。我用狂妄自大的征服者一般的强硬姿态，对她家人的任何实用主义考虑予以辛辣嘲笑。这就从根本上伤害了金果的感情。

谢宛儿作为我和金果的联络人，变得更加忙碌了。

虽然我回来了，金果却被她母亲控制了。同在一地，我们也需要谢宛儿传递信息。

有一次金果由谢宛儿陪着来我家（只有这样金果才能得到短暂的自由），在把金果交给我的时候，谢宛儿微笑着说："我成了你们的红娘了。"

我看得出她眉尖上淡淡的落寞，感到由衷的抱歉。我认真地说："不，生活中谁都是主角，你也不是红娘。"

谢宛儿大笑着抱怨起来："好啊，我为你们做了这么多，连红娘都不承认吗？"

金果搡了她一把，说："你傻呀。"

谢宛儿依然呱呱叫，我只好微笑着不吱声了。

这次匆匆回家，没有谈出任何结果，我就又要回船了。回船以后，我感觉金果越来越飘然远去。虽然"分手"二字还没有从她嘴里冒出，但从她给我的来信看，过去对我的那种爱戴之情明显淡薄下去。有时，连续几个航次收不到她的一封来信。

忽然一天，收到一封谢宛儿写来的信，告诉我一个新情况。金果的母亲为了打消金果对我的恋情，给金果介绍了一位男友，正劝着金果去见那个人。谢宛儿真诚地为我着急说："要出事了，你快回来吧！"

要论感情，我恨不能立马飞回家去。但我性格中的孤傲又冒出来，我并没有回去，而是给谢宛儿写了一封回信。信中说："她要去见那个人，那是她的事，与我何干！"

这封寄给谢宛儿的信发出之后，我才忽然想到：因为一向是谢宛儿代为传信，她肯定会先交给金果，等金果拆开看了，才发现抬头是写给谢宛儿的。我忘记了谢宛儿当初的玩笑话："你要是给我写信一定要注明'亲启'二字，免得被金果看了去。"

这个貌似粗心的疏忽也许有着下意识的故意吧？就让她看到也好！我颇为愤愤不平地想。

金果的母亲为她介绍了新的男朋友，我被这个消息激怒，把账算到了金果头上。虽然理智告诉我，金果并没有答应去见那个家伙，金果是无辜的，可是愤怒中并没有多少道理好讲。

无论我怎样装作镇静、冷漠的样子，毕竟内心惶惶不安。在矛盾了好几天之后，实在装不下去。我等不及船回南京，就从安庆下船，以一个谎言预支了明年的工休假，按捺不住地赶回家去，就像谢宛儿召唤的那样。

这次回来，我穿了一件修长的黑色西服，留着遮蔽耳朵的长发。之所以留意自己的形象，还是因为受伤的心需要骄傲的缘故。我十分喜欢这件纯黑的尼龙面料的西服。西服的尾部开衩，裁剪得非常修身，几乎就是为我定做的一般。实际上它是二手货，大概是从国外舶来的，由一个船员卖给了我。此后好几年光景，我总是穿着它上岸，有一回机匠老枪跟在我身后评价说："杨光穿这件西服像个人物似的！"

我就带着这种"像个人物似的"感觉回来了。

回来后，我接受上次的教训，不敢让金果的母亲知道我又回来了。但我又不想再去麻烦人家谢宛儿。人在糟糕的境遇中，自尊心往往会变得敏感起来。我总是这么使唤人家，我哪来的这份特权呢？

没有办法，在金果上班的废品收购站守候了一下午，她没有来。是不是去见那个人连班都不上了呢？我怀揣恶意地猜想。这样一想，我就任性起来，既然她都要去见新男友了。我还怕什么她的母亲或家人呢？

我直奔金果家而去，在她家门前的街道上逛荡。忽然，我的心仿佛被一根头发丝悬空拎了起来，瞬间有失重的感觉。因为我看见金果迎面朝我走来，陪同她一道的正是她的母亲。

"焦金果！"我叫了她一声。

"噢。"金果仿佛被一颗子弹击中了。

"这是谁啊？"金果的母亲矜持地问。其实我们的表情已经告诉了她我是谁，而她的表情也明白无误地告诉我，她是明知故问。

"我叫杨光。"我表情冷峻地回答。

一点儿都不知道通融，一点儿都不知道委曲求全，一点儿都不知道人情世故，一点儿都不知道被我伤害的不是母亲而是女儿。

"你又回来啦？"金果的母亲眉头皱了一下，像看见一只挥之不去的苍蝇。

"你们是去见什么人的吧？"我讥讽地说。

"杨光！"金果的脸色煞白，"我带我妈去医院瞧病去了。不是你说的见什么人。"

"噢——"我突然感觉无比后悔。想象力是个好东西，但是当它用在不该用的地方，简直能使人发疯啊。"对不起，对不起。"我一下子不知道该说什么，嗫嚅着从她们面前跑掉了。

唉，我把难题又推给了金果。金果怎么跟她母亲解释，又怎么找寻机会来见我呢？我恨不能拔着自己的头发，把自己扔到太平洋里去。你这个傻瓜，你这个傻瓜啊……

第二天金果托谢宛儿转来一信。

信中说："我决然不会去见那个人。但是——，我们的事，也结束了吧。我实在承受不起了。"

我想起自己写给谢宛儿的那封信。正像我猜测的那样，那封信先由金果看了，才交到谢宛儿手上。谢宛儿告诉我，金果看了我的信，伤心地淌了半天眼泪。谢宛儿水蓝蓝的大眼睛严肃地注视着我，说："你做得有点

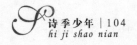
儿过分呢。"

我感到无比惭愧，我怎么能将她家人的行为算作她对我的负债？也许正是由于看到我的那些话，才令她做出如此的最后抉择吧？这么说来，我是与她的家人一起，将她猛推了一把。

我不能接受我们的恋爱就这么不了了之，我通过谢宛儿表示无论如何也要再见金果一面。

经过金果母亲的"批准"，我们可以再见最后一面。见面地点和陪同人员都是金果母亲事先审查通过的。

那是在她家门口不远处的粮店前，金果在谢宛儿的陪同下来了。这些日子，金果明显清瘦了许多，但是依然楚楚动人。薄眼皮仿佛是双层油脂做的，映得出眼珠的青色，回眸一瞬的刹那间，有可爱的阴影，宛如蝴蝶一般悄然飞上眼皮。她的清癯的面容，好像是山涧的泉水洗涤出来的。

我们站在粮店门前谈了不多几句话。粮店离她家只有数十步之遥，我感到从她家阴暗的窗口里，有一双皮松多皱的眼睛蚂蟥一般紧紧地黏在金果的身上。金果连走路的步伐都有些变形了，好像是载不动身心俱疲的压力。

"难道说，我们的关系真的就这么完了？"

"……"金果无声地摇了摇头。

"你是说，没完？"

"……"仍然是无声地摇头。

"你不觉得那种考虑太俗气吗？"

"杨光……"金果的眼中蒙上了一层水雾。

"不要叫我。"

直到这时，我仍是骄傲的，仿佛她欠着我一般。果然，她说出来的话，更加深了我的绝望。

"对不起。忘了我吧……"

"不！"我大声喊道。

就在这时，没容我滔滔雄辩的演说发表出来，远处一个苍老的声音拖着长声传过来："宛儿——带金果回来。"

谢宛儿歉意地瞟了我一眼，轻轻说了一句："不好意思呀。"

她们转身从我的面前走开了，像两个被人牵线的木偶。我在盛怒之下，迈开比她们更快更坚决的步伐，越过她们，在她俩之前拐上大路，走掉了。

那些天里，我的痛苦简直无法言状。

白天，我身不由己地来到金果家附近，在她家门前的小路上游荡。夜晚，我吹一只口琴，在离她家不远的粮店的拐角里低低呜咽。我吹《时光一去不复回》，我吹《雁南飞》……在我们恋爱的日子里，那些耳熟能详的歌曲，我一一为她吹遍。我想金果一定能够听见我的倾诉，我幻想着她突然出现在我的面前，像一道绚丽的彩虹，把所有的风雨一笔勾销。

夜晚的时间相对还好打发，白天我来来回回地出现在她家门前的小路上，像一只忙着窥探什么的鼹鼠，这种感觉令我非常羞愧和耻辱。可是，要想控制住自己简直太难了！我连一刻也无法坐定下来。

为了避免出现在她家人眼里，我骑上自行车满大街乱窜，把我和金果曾经到过的地方无数次重新游遍。而这种温习只能是令那些美好记忆蒙上灰尘，原本熠熠生辉之处罩上阴霾，除此之外毫无意义。

疯狂中，我在自家的院子里练习拉力弹簧。我把一只把手踩在脚下，站直了身体用一只手拉伸，做肱二头肌锻炼。忽然，脚下的把手滑了出来（我感觉它要滑了出来，出于无法解释的任性，我允许它滑了出来），脚下的那只把手弹回来，狠狠地打在我的额上，立时就流出了血。令我感到奇怪的是，我并没有感觉到痛楚，甚至还有一点点高兴。

拉力弹簧的把手并没有打碎我的颅骨，只是打破了皮。我想到的是，在大街上疯骑自行车，如果被汽车碾死，可能也不会有痛苦的感觉吧？因为心灵的苦难已经远远超出了肉体所能感知的程度。

这样狂乱的状态持续了几天，直到弹簧把手让我流出血来，我的思维才清明一点儿。我意识到再这样下去，我的精神将像一根越上越紧的发条突然断掉，乱成一团麻。

为了避免再走到她家的门前去，我给自己规定了禁闭。我规定自己除了大小便上厕所，不能走出自家的房门，直到回船的日子。

在自我禁闭的日子里，我整天整天地写日记，把头脑中出现的每一缕细微的思绪流泻到纸上。在自家灰色暗淡的房间里，在厚厚的日记本里，我用钢笔一笔一笔舔舐自己的伤口。阳光照进我家低矮的窗户，我看见光线里有无数飞舞的微尘，就好像我的头脑里各种各样或隐秘或彰显的念头。我家的窗后有一道排水沟，排水沟的上沿几乎与我家的窗台平齐。因为我们这几排平房坐落在一个斜坡上，一栋比一栋低。有人从窗后走过，我能看见走路人的腿脚。我像坐在地窖里一样。我像受了伤的狗熊，在它的窝里喘息、休憩，找寻安宁。

自我禁闭的日子里，唯一可以让我走出家门的就是上厕所。厕所在房山头上，红砖已经朽烂，有些地方只要一碰就往下掉末末儿。厕所旁有一座泥糊的茅草屋，住着看厕所的红鼻子老头。

老头的酒糟鼻子像一只大草莓，又红又肿的鼻头上有许多黑色的针眼般的汗腺。夏天的时候，他搬一张凉床在厕所旁喝酒，喝得头顶上蒸笼般冒汗。他把一条湿手巾搭在头顶上，呈门字形挂下来，好像耷拉下来的两只狗耳朵。红鼻子老头看上去和和气气的，凶起来非常厉害。有一天早晨我看见厕所地上稀稀拉拉到处是粪，听说昨夜来了偷粪的，被红鼻子老头打折了一条腿。在我禁闭到第七天的早晨，上厕所时，意外地听说红鼻子老头去世了。他那间小草屋围了许多人。人们议论纷纷，昨天见他还好好儿的，一夜过来，他就去了。

红鼻子老头的突然去世，让我感到生命无常，仿佛看透了世间万物以及所谓"本我"的真相。我感觉和金果的恋情真正结束了。"结束"这两个字，不是你主观上可以认定的，它超越理智，是从下意识里产生的。我的心病跟随这件事豁然而愈。心情晴朗了，禁闭也就失去了意义。我撤销了给自己定下的不能离开家门一步的心灵桎梏，重新融入社会，走进阳光。

我决定提前回船。

乘下水班轮回船的那一天，出乎意料，我在码头候船室看见谢宛儿走了进来。我问她怎么会来这儿？谢宛儿偏着头朝我露出挑衅的微笑："干吗？这地方你霸占了吗？"

我意识到自己问得唐突，后悔得腮帮子酸痛。

谢宛儿从挎包里掏出一本集邮册，说："我来代金果把你送她的东西还给你。"

我纳闷儿她怎么知道我今天要走？从她手里接过那本我曾经珍爱的邮集，心里空空的，什么感觉都没有，甚至连一丝儿伤感的涟漪也没有。这样的沉静让我颇感诧异。

我谢谢她。心里揣着那个她怎么知道我今天要走的问题，却又不敢再问。谢宛儿想说什么，也是欲言又止的样子。犹豫之间，开始检票上船了，我便夹在排队上船的人流里走过码头检票口。我暗自奇怪，为什么这一回我没有凭船员工休证走后门，直接上码头呢？难道我是暗暗希望金果再来送我吗？要是我还像上次那样直接上了码头，谢宛儿到候船室来就见不到我了吧？带着这些猜不尽的心思，我走出了检票口，走出了谢宛儿的视线。

客船掉头的时候，我无聊地打开那本集邮册，浏览那些已经令我不感兴趣的邮票。蓦然，我的眼睛像哥伦布发现新大陆那样，冒出无

数金星。有一张谢宛儿和金果的合影照片夹在了第一页。照片上金果的表情没有控制好，笑得有些牵强，而谢宛儿状态极佳，正对着我甜甜地微笑。

这不可能是金果夹进来的。那——还能有谁呢？

# 第十五章

船上向来是男人一统天下，过去是今后也是。但在 20 世纪 80 年代，当我在长江 2057 号时，有一个短暂的时光，船上出现过一批女船员。"时代不同了，男女都一样。"在这样的口号下，有一批女子介入了"水和尚"这个本来属于男人的世界，也不奇怪。

上级给我们船派来两名女子。

一个名叫邹月英，分在驾驶部，直接干舵工。那是一个面颊平平，胸脯平平，额头有点儿方，皮肤很白很紧，眼睛瞳仁有点儿蓝莹莹的女子。她和鹰钩鼻子郑二副值一个班，不久就传出绯闻，说他们之间有点儿什么事。什么事呢？又都含糊了。有一种暧昧你可以凭鼻子嗅见，却很难说你看见了什么。

另一个名叫牛丽萍，给厨师老王打下手，算是二厨吧。那是一个胖乎乎的非常爱笑的姑娘，她胖得从身段到手指都有许多圆箍，浑身像是由一个个小球体组装起来的，又像用白塑料薄膜包裹着许多新土豆，撑得快要绽开来一般。她笑起来的样子很特别，尤其是嘴形令人印象深刻，鼻翼旁有一颗肉痣。

牛丽萍比邹月英约莫小几岁，处世不如邹月英成熟，有人说她傻乎乎的。与邹月英那种不苟言笑的样子相比，她确实有点儿傻，但是傻得可爱，令人

觉得舒坦，和蔼可亲。

有一天船靠上海电厂码头。已经是吃过午饭的时间，船员们要么逛上海滩去了，要么在船上睡午觉，整个船舱静悄悄的，好像一艘空船。我推开曹志高的舱门，赫然看见牛丽萍坐在曹志高的床上，曹志高坐在椅子上。牛丽萍大概听了一句什么笑话，笑得仰起脸来嘴都合不拢。我看见她那多肉的鼻头和肥厚的嘴唇，因为怕嘴巴张得太大不雅观，上下唇吻有所收敛。我忽然发现她的嘴形非常像一只老虎嘴的模样。

曹志高看见我进来，并没有被人撞见秘密的懊恼。也许他正幸福着，需要一个像我这样不事声张的人出现，以便他既显摆了自己又不会被暴露出去吧？我想起前不久，曹志高曾悄悄地把一个红烧狮子头拨到我的饭盒里，同时给我一个神秘的眼风，意思是不要声张。我不明白，每个人只有一个乒乓球大的狮子头，他何以会多出来。我对他那种做派很不喜欢，但是狮子头是好的，是我的身体所需要的。现在我算是明白狮子头的奥秘了，有牛丽萍在他背后嘛！他给我狮子头的动机不仅为了友谊，也有彰显他很幸福的意思。

牛丽萍对我的到来表示欢迎。她是一个大大咧咧没有心计的女子，被人形容为没脑子。她的眼睛很大，里面没有一丝思想的云彩。俗话说，小眼聚光，大眼无神。说的就是她这种万里无云的天空般的眼神。她很亲热地指着曹志高对我说："听我这个弟弟说，你很喜欢读书哦。"

曹志高马上插嘴说："你不要老想着我是你弟弟。"

牛丽萍转过脸去，像一匹花猫盘弄老鼠似的盯着曹志高的脸说："咦，怎么不承认啦？"

像牛丽萍这么无脑的女人也会用姐弟关系来撇清她跟曹志高的嫌疑，让我觉得女人在某些方面真是天生的聪明，聪明得好笑。

"叫我姐，叫！"牛丽萍霸道地命令。

"牛……丽萍姐！"曹志高与其说不情愿，不如说卖弄风情地叫道。

牛丽萍似乎不满意，娇嗔地瞟了他一眼。

曹志高不再纠缠，很聪明地转头对我说："我跟我姐的关系，你不要对人说。"

听他这样一说，牛丽萍的脸色就摆正了，好像要向我证明他们之间确实没有什么出格的地方似的。

他们竟然还没有吃完午饭。桌上的菜无非是我们中午吃的那种，只是整体数量和精肉比例的多寡不同而已。曹志高问我要不要再吃点？我当然不会吃他们的残羹剩菜。我从曹志高那里借了一本《英语900句》，然后走掉了。

我独自一个人读书到寂寞的时候，无数次回想曹志高和牛丽萍两个人在一起的亲密情景。牛丽萍也就是二十出头的年纪吧？她那丰满的胸脯像温暖的海床，她那迷人的笑声像喧哗的海浪。而我，就像一条搁浅在苦闷沙滩上挣扎蹦跶的小鱼，对牛丽萍的一切无限怀想。

我感到一种目眩神迷的诱惑，有一种想要爆发的冲动。对金果的失恋使我的性情变得有点喜怒无常。过去我总是小心谨慎，认真对待每一件事，每一个人，现在我的心气变了，我有一种强烈的渴望，想要破坏一点儿什么才甘心。

牛丽萍像一只穿在鱼钩上的肥胖的白虫子，在我这条饥渴的黑鱼面前晃来晃去。只要给我一个机会，我就会不顾一切地扑上去。

但是要想够着牛丽萍，挡在我前面的，不仅有曹志高，还有一个毛红光。

毛红光的个子比曹志高高，长得帅气，却没有曹志高嘴巴甜。毛红光眼中的瞳仁细小聚光，有一种咄咄逼人的英气。曹志高的眼睛真诚的时候是圆的，当他受到威胁或挑战时就变得深刻起来，藏着一种寻思怎么捉弄人的神情。自从牛丽萍和邹月英两个人上船以后，毛红光和曹志高遇到一起，活像一对小公鸡掐上架了，总是斗啊斗的，唇枪舌剑，谁也不让谁。

有一回，我到曹志高的房间去，看见毛红光和牛丽萍都在那里。曹志高正在搬弄从木匠万波那儿学来的一个黄段子："有一个很小的火车站，站长老婆是个陕西人。她住在站上没事干，就种了很多大蒜。大蒜收获了，站长

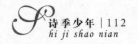
老婆把大蒜头编成一串串的，挂在门前的房檐下。陕西人习惯，编成串的大蒜头量词叫鞭，站长老婆数好了，一共有九鞭大蒜头。第二天起床，发现有贼偷去了几串大蒜头。站长老婆就骂开了。她是怎么骂的呢？她用双手比画着大蒜头的大小，这样骂道：哪个野种，不干好事，这么大的头子，一夜……"

这样放肆的黄段子出自曹志高之口，而且当着牛丽萍的面，令我大为惊讶。我看见牛丽萍忍俊不禁，张着她的老虎嘴笑出声来，这才将一颗悬着心落了地。同时觉得自己太没出息了。这有什么好担心的呢？毛红光和我都听万波说过这个段子，只有牛丽萍刚来没听过，曹志高就是要说给牛丽萍听的。人家说的倒没事，我这个听的倒替别人担忧了。想到这里，便找补似的哈哈笑了几声。

毛红光对曹志高有一种嗤之以鼻的不屑。既然曹志高让牛丽萍笑了，他不说点儿什么就要落后了。毛红光也说了一个故事。他的故事说的是——

有两个秀才，爱打文字官司。甲秀才写了一个"矮"字，乙秀才读作"矮"。甲秀才说不对！应该读作"射"。乙秀才听了甲秀才的解释，当即写了一个"射"字，甲秀才读作"射"。乙秀才说不对！应该读矮，身高一寸，岂不是一个矮。

毛红光说的，大家都没有笑。他在讽刺曹志高个头矮，牛丽萍好像没有听懂，曹志高听懂了却没有表情。这则笑话本我在《太平广记》上读到过的，是用来回赠万波那些段子的。我觉得毛红光没有说好，起码没有交代清楚"矮"为什么要读作"射"，我就补充说："矮字拆开来，就是委、矢。委有放弃的意思，矢是箭的意思，所以矮可以理解为放箭，就是射。"

我这样啰里啰唆地说了，更没有什么可笑的。毛红光用这个段子来讥刺曹志高个头矮，没想到这一炮没打响。还不如他曾经公开嘲笑曹志高是"车轴汉子小木偶"来的效果好呢。而我的解释看起来好像是在帮毛红光了。

曹志高扫了我一眼，并没有流露出我担心会有的不满，而是拉拢的表情。毛红光一脸晦气，有一种挫败感。我不由得反省自己的立场，无论如何我跟曹志高是站在一边的。曹志高在洗脸池上洗了一盆樱桃，端来给大家吃。

牛丽萍原本坐在曹志高的床前，两只肥胖的小腿在床下摇晃。晃久了不舒服，她往床后挪了挪，背靠着舱壁，脚搭在床沿上。毛红光坐在桌前的转椅上。曹志高站在床前，一手端着盆，一手拈着一只樱桃的细茎，前倾着身体，让牛丽萍张开嘴，把那只鲜红的樱桃吊进牛丽萍的嘴里。与此同时，毛红光不甘寂寞地用手握住了牛丽萍的脚腕，在她的脚踝上抚摸把玩，忖量粗细。

他们两个人上下其手，各自表现出一种怜香惜玉的情态。而我，只能在舞台上扮演一个完完全全的看客。

置身这种景象之间，让我觉得自己好像一个傻子。


其实，我并不缺乏女人缘。看见他们对牛丽萍大献殷勤，不由得让我想到了谢宛儿。

谢宛儿在我回船那天，出其不意地来到码头，令我大为惊讶。过后，我才了解到事情的来龙去脉。原来，她是代金果交还我送的信物，先到我家去的。见我不在家，母亲说了我的去向，才又追到了码头上。她不仅把那本邮集还给我，还在里面夹了一张她本人和金果的照片，明确地传达了一种信息。

对于这种信息包含的意义我是明了的。我也喜欢谢宛儿，她漂亮，聪明，玉洁冰清，像一粒翠绿的豌豆儿。如果那一次雪后，我提着火狐色的小皮箱回家，第一个遇到的不是金果，而是谢宛儿，我想那么我的初恋一定就会是谢宛儿。老天爷在播下爱情种子的时候是盲目的，在一个特定的季节，人心如沐春风，种子就要发芽，这时候遇上谁，成不成，就看你的运气了。

既然我遇上的是焦金果，即使不成我也只有认命。我怎么能把一份残破的感情转向谢宛儿呢？虽然从谢宛儿方面来说，也许我要转向也还来得及。但我安抚不好自己的心，我摆脱不了金果给我造成的创伤，只要一见到谢宛儿，马上就想到焦金果。这对谢宛儿不公平。我想，我绝不能变成一个在爱情上朝秦暮楚的无耻之徒。

我跟谢宛儿保持着时有时无的通信。双方的信都写得很虚，云山雾罩的，

尤其是我，有时候简直假门假事，令我对自己痛恨不已。谢宛儿赠送照片，已经非常大胆，当然不会再有更多的主动表示，我们之间保持着一种奇怪的关系，不是恋爱朋友，却相互写一些彼此都觉得隔靴搔痒的信。我酸文假醋地让自己相信：我对谢宛儿，有一种发乎情，止乎礼的君子之爱。

对于牛丽萍就不同了。我对牛丽萍的欲望是赤裸裸的，既不同于金果，也不同于谢宛儿。我的爱情人格是分裂的，存在两种不同的对待女性的态度，把在船上遇到的女性与家乡的女同学分为两类，前者试图逞一时之欢，后者追求一种精神上的完美。

我相信，如果牛丽萍给我一个暗示，我马上就会扑上去，什么礼义廉耻都不顾。但是对谢宛儿则不同，我要跟谢宛儿来电，那一定是来真的，不允许有任何不洁的念头掺杂其间。

可是，牛丽萍怎么会对我有意呢？她有曹志高和毛红光这哼哈二将做护花使者，连正眼也不瞟我一下。


五一劳动节到了，船上要聚餐。

厨师老王和二厨牛丽萍忙活了不少菜。船在栖霞山锚地抛了锚，船员们聚在餐厅里大吃大喝起来。我们这一桌上，有曹志高、毛红光，他俩喝着喝着就飙上了劲。毛红光用牙齿咬开酒瓶盖子，把两只茶杯在桌上蹾得咚咚响，然后咕咚咕咚地倒酒，倒满了，说："喝！"

毛红光表现得气吞山河，曹志高酒量也不孬。他们两个就摽着劲儿喝上了。坐在邻桌的牛丽萍听到我们桌上的吵嚷声，心里明白怎么回事，隔着桌子站起来，朝我们这边扬着手嚷道："别喝啦！你俩都别喝啦。"

牛丽萍这一喊，两个人更来劲了。因为光是我们这些观众，他们只是争强斗狠罢了，牛丽萍的注意更加刺激起他们的表演欲。

曹志高说："刚才算是你敬我，来而不往非君子。现在我回敬你！"

一只茶杯斟满差不多有三两酒，第二杯喝下去，两个人都到位了。但是谁也不肯承认自己不行，都表现得还能喝的样子。劝谁别喝了，谁就恼。大家就不劝，让他们闹腾。

曹志高身体好，酒喝得满脸通红，浑身冒汗，话说得又多又快。毛红光酒量虽好，身体却架不住，脸上渐渐地白里透青，干瞪眼不吱声，眼睁睁地看着曹志高一个人咋呼。

曹志高又倒了第三杯，吵嚷着继续喝。同桌的人都说，不能再喝了。因为两个满杯加上前面喝的，每个人不少于七八两，这已经很够意思了！

曹志高继续大叫大嚷："喝！谁不喝谁他 × 的孬种！不就是酒嘛，有什么呀。跟我来，来啊！"

毛红光被逼到了墙脚，他犹豫了一下，皱着眉头端起杯子，把那杯酒喝了下去。

曹志高也一饮而尽。他到底醉了，开始大呼小叫，胡说八道。连船长和政委在四楼驾驶台上喝酒，都听到吵嚷声，下到二楼餐厅里来看了看，让我们把他带回舱里去。曹志高不肯走，我们生拉硬拽地把他扯回舱里。

谁也没有注意到毛红光的下落，等到牛丽萍问我毛红光到哪儿去了，我才想起他。就在这时，木匠万波从楼下跑上来，说："不好了！出大事了。"

我们急忙跟着他跑到楼下。厕所里，毛红光单膝跪地，头栽进抽水马桶里，一动不动。翻过身来，只见他牙关咬紧，脸色铁青，人事不省。头发上沾满了腥臭恶心的呕吐物黏液。

船上立即紧张起来。马上从吊架上放下救生艇，把毛红光送去医院抢救。我们在漆黑的江面上航行了半个小时，把毛红光送到炼油厂医院。折腾了一夜，毛红光总算摆脱了生命危险。虽然是虚惊一场，但是这件事足以让所有相关的人都受到了刺激。

毛红光留在医院里观察治疗，当他稍稍好了点，就从医院直接回家休假去了。曹志高酒醒过来，满船上下赔礼道歉，跟船长政委轮机长不停地打躬作揖，就差没扇自己耳光了。

　　这事之后，曹志高谨慎多了，轻易不敢搭理牛丽萍。毛红光也不在船上。这时，我的心里暗暗有点儿高兴。为什么呢？也许是觉得我的机会来了吧？这样一想，我马上为自己卑鄙低俗的念头感到脸红。

　　我的理智虽然抵制，然而本能是极其强大的。我巴望着有一个机会能够亲近牛丽萍。出人意料地，这样的机会说来就来了。

# 第十六章

一个闷热潮湿的午后，船在江心抛锚。江面上没有一丝风，空气好像静止了。船员们多数乘交通艇上岸去了，留在船上的船员寥寥无几。

我来到船尾甲板的天篷下，从楼梯口看下去，二楼船尾的绞关旁坐着一个人，面前有一堆菠菜，择菜的人正是牛丽萍。从她的背影看，她似乎一个人在偷偷抹泪。我不由得将双腿跨在楼梯扶手上，"哧溜"一下从楼梯上滑下去，来到她的身后。

我想悄悄伸手蒙上她的眼睛，但是我不敢。想了一想，还是"嗨"一声，算是打招呼。

牛丽萍急忙转过身来，说："你作死啊！吓我一跳。"

我看见她的眼眶有些发红，问道："是谁叫你这样伤心呀？"

牛丽萍用手背揉了揉眼睛，说："谁伤心了？我眼里进了个沙子。"停了一下，又说，"总是这么闹！你们就不能叫我省点心吗……"

我知道她是指闹酒的事，觉得这事不能连带上我，就故意逗她说："谁不让你省心啦？"

牛丽萍看了我一眼，深深地叹了一口气说："你们不能打歪主意，我比你们几个年龄都大。"

本来没我什么事，叫她这样一说，我倒糊涂了。仿佛自己睡梦中那点事儿也叫她窥见了一样。我涨红了脸，一时说不出话来。

她一个人面对着一大堆菠菜，不急不慢地把它们挑拣到一只筐里。我觉得应该帮帮她，就在她对面的绞关底盘上坐下来。

时令已是初夏，牛丽萍上身穿了一件圆领娃娃衫，下身穿一件蓝色百褶裙。娃娃衫领口很大，一只肩头露出来。她坐在一只木凳上，张开双腿。我可以看见她裙子底下穿的内裤。那是一件红花短裤，我的不争气的眼睛恨不得变作两只虫子匍匐着爬进去。

这是一个心智迷离的时刻，脊背沟感觉有汗珠子慢慢滑下来。我手上择着菠菜，魂不守舍地不知心思跑到哪儿去了。

牛丽萍抬头的时候，我剩下的一丝自制力仅仅只够我急忙移开视线。但我的视线还是被牛丽萍捉住了。她轻轻地笑起来，说："你也蛮坏的。"

她的笑容犹如一个魔咒，把我魔住了！我像被施了定身法一般，有好几分钟，脑子里一片空白，什么都没有了。眼睛只顾盯着手里择拣的菠菜，不敢抬头，不敢觑眼打量她一下。

牛丽萍又择了几棵菠菜，似乎轻轻叹了口气，说："馋猫，我有一些照片给你看。等会儿我把这些菠菜洗好，你到我船舱来吧。"

我兴奋得连神经末梢都在颤抖。心想，所谓看照片不过是一个事件的前奏。而时间她也选择得好，再等一会儿，跟她住一个舱的邹月英要去值4—8点的班，房间里就没有别人了。

我看着她，一连说了两声："好，好。"

正在这时，木匠万波出现在从厨房到船舰甲板上来的舱门口。他跨出舱门，来到船尾的舷栏边，把一只挂了钓饵的鱼钩扔进江里。他一边把钓线拴在船舷的栏杆上，一边斜睨着我们，不怀好意地笑道："上钩喽，上钩喽。"

牛丽萍不满地盯了木匠万波一眼，脸色一沉，说："你说什么呢？"

木匠万波笑嘻嘻地说："我说钓鱼呀！"

牛丽萍白了木匠万波一眼，不客气地杵他一句："没皮没臊！"

说完这句话，牛丽萍把没拣完的菠菜一股脑儿装进已经拣过的菜筐里，不拣了。那些拣出来的黄菜叶子一簸箕扬下江去，端着菜筐一阵风儿般地卷进门去，到厨房里洗菜去了。

木匠万波受到抢白，咬着槽牙骂了一句："小臭蹄子，德行！"

我的心就像桌上闹钟的秒针，嘀嗒嘀嗒转个不停。想到即将发生的事情，觉得像在梦里一样。

去，还是不去？这个不是问题的问题，竟然在脑子里过了无数遍。我要是不去，那就太屌头了，简直不是男人。去，是唯一的答案，几乎没有选择的余地。难道这一切不正是我渴望的吗？那我装什么蒜呢？真不要脸！我在心里狠狠地骂自己。没什么好犹豫的了，肯定去。

过了十五分钟，我觉得是时候了。因为我看见值班的邹月英已经到驾驶台上去了。我开始行动。

揣着一颗兔子似的心，我蹑手蹑脚地来到牛丽萍的舱门前。看看四下无人，我握着门把手，轻轻一扭，门无声地开了。

我以为最激动的一刻就在眼前，心都快跳出了嗓子眼了。可是，门里是空的。房间里空无一人。怎么回事？难道她还没洗好那几棵菠菜？怪了！她要是洗菜这么认真，那就不是牛丽萍了。

但我第一反应还是到厨房里去看了一下。没有。厨房里只有一筐洗净的菠菜架在水池沿上沥水，可是牛丽萍不知哪儿去了。

她能上哪儿去呢？我又到女厕所门外待了片刻，咳嗽两声，厕所里什么动静也没有，可以断定她不在里面。我开始四处走动，装出一副无所谓的样子，其实心里十分紧张。我搜遍了全船，从驾驶台到机舱，每一个可以想到的角落都寻遍了，没有，就是没有。这个人好像突然人间蒸发，彻底地消失了。这怎么可能呢？

我又一次推开她的舱门，希望突然看见她笑嘻嘻地对我说："跟你躲个猫猫玩呢！"可是，房间里还是空空如也。

船抛锚在江心，牛丽萍不会游泳，除非她寻死跳江，还能到哪儿去呢？我发疯似的再一次寻遍了全船。几乎怀疑她一时想不开，跳了江了。那岂不是我害死了牛丽萍？

但是不像呀，她跟我说话时那副笑眯眯的模样，哪儿像要寻短见的人呢？

我甚至连物料舱、舵机房都去搜寻了。从那些裸露的仿佛能把人挤碎的舵机杠杆间钻出来，我走过底层舱的走廊。这儿比较偏僻，平常很少有人走到这儿来。当我经过一扇门时，下意识地觉得这儿有点什么东西不对劲。我已经走过去了，一个灵感让我又转回身来，陡然——我的目光蓦地一下聚焦在门鼻子上。

这扇门平常总是挂着一把黄铜挂锁。此刻，挂锁不知哪儿去了，取而代之的是一根八号铁丝，弯成开口向下的 U 形。我脑子里一个激灵，浑身打了个冷战，我突然明白牛丽萍在哪儿了！

我们船上有一个八九平方米的冷库。买了鱼肉，就放在冷库里。我曾经往里面抬猪肉，进入这个冷库参观过。进门两旁是分隔层的货架，中间一溜过道铺着木栅。冷库里凉森森的，货架上那些猪肉、光鸡和冻鱼一类的食品，看起来更像是动物的尸体，叫人待不了一会儿就急于出来。寒冷让人受不了。

牛丽萍被人莫名其妙地关在了里面。

原来，她想到晚上做菜需要一块冻肉，就开了黄铜锁，进冷库拿菜。为了避免冷气外泄，她一进去就把门带上了。黄铜锁她也带进去了。等她拿好了菜，却怎么也推不开那扇本来一推就开的门。

她在里面急得脑袋"嗡"地一下就炸了。无论她踢、打、推、拉，没用！那扇门从外面扣死了。冷库的门有厚厚的石棉，保温又隔音，这儿又没有人来，就算牛丽萍嗓门再大，也是叫天天不应，叫地地不灵。

牛丽萍在冷库里冻得瑟瑟发抖。她想到生命也许真的就会冻结在这冷库里了。冷库里储存着供人们享用的动物的尸体，难道有人要把她牛丽萍也当成速冻食品吗？

想到这里，牛丽萍的眼泪"唰"地就下来了。她鼻涕一把，眼泪一把，哭得眉眼鼻嘴一塌糊涂，哽咽着上气不接下气。她使劲地摇撼那扇生死之门，声嘶力竭地喊道："你们放了我吧！放了我吧！求求……"

那扇门纹丝不动。

不知过了多久，也许十分钟？二十分钟？抑或半个小时？总之，从牛丽萍的感受来说，仿佛过了一个世纪那么长久，已经绝望得停止哭泣的牛丽萍为了抵御寒冷，缩着肩，跺着脚，在冷库的走道里像一只小老鼠般来回窜动。突然，那扇门被我拽开了。

天哪！门开了。

牛丽萍冲出了牢门，她那惊天动地的号哭真够叫人惊心动魄的。


船上的人对此事的反应却是当成一场玩笑。

政委左拐子骂那个躲在暗中干这坏事的人："生儿子没有屁眼！把小牛冻成了牛肉，想吃牛肉包子不成？"骂得船员们笑将起来。

牛丽萍不依不饶，一定要追查是谁干的。其实我们俩心里都怀疑木匠万波，只是没有证据。

政委左拐子给牛丽萍分析："从作案时间来说，离晚上开饭只有一个小时，要是开饭时大家不见你，肯定不等杨光发现，大家也会去找。所以，不具备杀人动机，就是开个玩笑。对了，杨光怎么想到跑到那儿去的呢？这事会不会是杨光干的？"

牛丽萍摇了摇头，她知道不是我。这事就这样不了了之了。

记得牛丽萍冲出冷库时，我一把抱住了她。她的冰凉的脸蹭在我的脸上，让我心里陡然一酸。听着她那尖厉的号哭声，我的心仿佛都要碎了。

我搂着她走了几步，看见船员们纷纷跑出来，才赶紧跟她保持距离。我跟大家解释说，我碰巧从冷库经过，看见黄铜挂锁不见了，换成了铁丝……

大家都对牛丽萍的遭遇表示同情，大骂不良之徒。连万波也假惺惺地说："唉，怎么能这么干呢，真有点过分。"

这事过去后，牛丽萍觉得我对她有救命之恩。如果不是我，她怕坚持不到一两个小时之后，就算肉体上还能维持，精神上也未必能熬得下去。

我对牛丽萍也起了感情变化。透过这件事，我看出牛丽萍和我一样，是被欺侮和被蹂躏的。她并不像我原来想象的那样，因为女性的身份而受宠、而风光、而占尽春色。木匠万波那些人在她身上不得趣的，固然要欺负她，而那些得趣的呢？比如毛红光，比如曹志高，又何尝不是在欺负她？而我又是个什么东西，不是也想揩她的油，拿她为自己解闷吗？

船到了上海，寻了一个悄然无人的机会，牛丽萍委婉地跟我表达了想把冻结在冷库里的热情释放出来的计划，她试探地跟我说："有些旅馆男女开房间没有结婚证也行。"

我这时已经忏悔了，听了这话思想斗争激烈。我要不要摇头拒绝她呢？假如那样，我会痛骂自己虚伪、做作、假门假事吗？或者，我会觉得自己高尚，纯洁，甚至有点儿了不起吗？两者都不是。我在心里说，如果我答应，我就要负责。而我做不到……我想到我的回答一出口，她就会带着怎样的失望和幽怨离去，还未开口，我的眼泪先悄悄地从眼皮底下渗出来了。

"你怎么啦？"牛丽萍被我的表情弄糊涂了。

她不知道经过冷库事件，我已不能把她看作一个外人，一个玩物，供自己逢场作戏，发泄无聊的欲望了。我说："丽萍姐，我们，我……"

"哈，你喊我姐姐啦！"牛丽萍眼珠一转，就意识到我的变化了，她马上显示出高兴的样子，在我的肩上狠狠地捶了一记，这一捶就把我跟她的那点暧昧砸碎了。高兴是装出来的，转瞬间，她又眼含一包泪水了，说，"你以后要一直对我像姐姐一样。"

我听见有人走来的脚步声，急忙点头与她分开。

在船舷的拐角上，我跟曹志高走了个迎面撞。他扳住我的肩膀，去看急忙转过脸去的牛丽萍，说："嗨，你跟牛丽萍说什么来着？搞得像卖花姑娘似的。"

《卖花姑娘》是一部以眼泪著名的朝鲜影片。我急忙掩饰地说："还不是为了关冰库的事，她至今解不开这个疙瘩。"

曹志高说："这有什么解不开的，开个玩笑呗。"

我说："玩笑有这样开的吗？这可是把人急疯掉的事。"

曹志高换了个话题说："哎，你家里来信了。"说着，交给我一封信。信是姐姐写来的，信中说妈妈受伤了。

# 第十七章

有道是母子连心，感应这东西好像真有其事。事后查阅日记，发现母亲被锰铁崩了眼睛的日子，正是我心神不安，眼皮乱跳，在日记上写"左眼跳财，右眼跳灾，我的右眼为什么老是乱跳"的那天。

锰铁是一种很脆的合金，铸成大块吊装运来，卸车时人工搬不动整块的，需要砸碎。落锤的时候，站在车下等着扛活的人不能去看。母亲本来是背对着砸大锤的，不知因为什么偶一回头，正巧被一粒飞起的麦芒儿细的锰铁屑崩进了眼球。

到医院看了，除了敷药打针，也没有什么好办法。几天之后，母亲的眼球感染得不像样子。白眼球变成了红的，黑眼珠变成了白的——生了一层白翳。姐姐来信说：这样子下去非瞎了不可。她想带母亲到南京来治疗，问我哪个医院比较好？

接到这信，我立马回家，带母亲到南京眼科医院求诊。棘手的病例在高人手里竟然简单，医生用一块巴掌大的磁铁从母亲的眼球中吸出了那粒锰铁屑。医生对母亲说："算你幸运。眼球组织有三层，这粒铁屑钻进了第二层，如果再深一点儿，那眼晶体就淌掉了。"

因为吸出了异物，母亲的眼睛后来竟奇迹般康复了，只是需要不断地点眼药水，不敢吃那些被称之为"发物"的食品。

在陪母亲看病回来的列车上，万万没有料到，竟然遇到了谢宛儿。真是无巧不成书，她上南京买教辅材料，跟我们乘同一趟车回家。谢宛儿对母亲非常亲热，跟我反倒没有多话。母亲对谢宛儿也很热情，她忘了自己的病痛，拉着她的手问长问短的。

母亲跟我说："你上次走，小谢同学来家找过你。我告诉她你坐船走了。"

谢宛儿朝我一笑，眼睛眨了一下。我本来想说我们在码头上见着了，但是她这么一眨眼，我的话又咽了回去。

母亲对谢宛儿印象很好，不停地抚摸她的手，轻轻地叹息。下车的时候，谢宛儿搀扶着母亲，我倒成了多余人儿似的。

我们跟谢宛儿分手后，母亲问了我跟金果的事儿。她隐约感觉到我们之间出了问题，只是从来没有当面问过。听我说完她家人不同意的话，母亲说："不谈就不谈了吧，我看你们两个人面相也不合。这个小谢姑娘倒是非常不错，就是不知道你有没有这个福分。"

我觉得我跟谢宛儿之间不是没有感情，而是缘分不到。

还在上初中的时候，我负责在教室的后墙上出黑板报。因为我能写一笔好字，简笔画也能画两笔。有一回我心血来潮在黑板报上发表了一首自己创作的小诗，有一点儿以权谋私、炫耀的意思。这件事并没有引起反响，因为大家都知道杨光语文好，写一首小诗也不足为奇。

过了一段时间，那期黑板报已经擦掉，我把这事已经忘在脑后了。忽然，一个发现让我激动：在谢宛儿的美丽的笔记本扉页，竟然工工整整地抄录了我在黑板报上公开的那首小诗。

她白白让我激动了一阵子。这件事在我心里引起的是有关文学的虚荣心，而非爱情。那时候我好像一只正长骨架子的小公鸡还没有打鸣呢。当我终于春心荡漾，打算坠入情网的时候，我第一个遇见的是金果，主动选择的是金果，

而非——谢宛儿。

当然，谢宛儿是个好姑娘。既然金果退出了，那么谢宛儿补上正好合适。可惜这是母亲的逻辑。在我心里，正因为谢宛儿太好了，她理应成为被人首选的对象。如果我因为失恋而二次选择了谢宛儿，一来我觉得对不起她，二来我也不敢相信她能接受。经过失恋的打击，我对爱情已失去了自信。

与金果的爱情结束以后，我曾到照相馆去给自己照了一张相片，背面题字"七日之禁"。照片上的我双眼炯炯如炬，有一种盛气凌人的傲慢。这张小像实在只宜自观，不宜示人。但是，我却把它夹在信中寄给了谢宛儿，作为她赠我那张她与金果两个人合影的回赠。在那封信中，除了这张桀骜不驯的肖像之外，我还抄了一首弗罗斯特的诗歌《未选择的路》送给她：

> 黄色的树林里分出两条路，
> 可惜我不能同时去涉足，
> 我在那路口久久伫立，
> 我向着一条路极目望去，
> 直到它消失在丛林深处。
> ……

这封信寄出后，谢宛儿一直没有给我回信。在我看来，她也许已经把我忘了。这次火车上的巧遇，真是鬼使神差不可思议，仿佛冥冥之中有一只看不见的大手操纵着一切，让我们又接上了头。我发现她的热情依旧未变。

这次回来，我在家乡还遇到了马军。

我以为他调动成功了，说："好家伙，几时回来的？"

马军说："还没回来呢。"

我说："不是早就发调档函了吗？"

马军叹了一口气，压低了嗓门说："原来联系的那家单位，我爸找的那个老总，因为贪污受贿被请进宫里去了。这一下，肉包子打了狗，我的事泡汤了。"

我问："那怎么办？"

马军说："怎么办？另找接收单位呗。"

我鼓励他："对，另找。"

马军白了我一眼："你当好找啊？全靠这个干活。"他把食指和拇指在我面前快速地捻动，那是点钞票的意思。

我陪着他叹了一口气。

马军问我上哪儿去？我说瞎逛呗，还能上哪儿去？马军便说："走，我带你找刘小闹玩儿去。"

刘小闹是我们初中同学，没毕业就顶了工亡父亲的职，在一家工厂做电焊工。听马军说刘小闹家经常开舞会。我们到了他家，屋里果然有不少人。刘小闹介绍说，三个姑娘是他厂里的同事，一个男孩是家门口的。

这是一间约莫20平方米的房子，单门独户的违章建筑，主人就是刘小闹自己。屋里除了一张床和床头柜，留出多半空地。床头柜上扎眼地放着一台手提式"三洋"录放机。这是当时最时髦的玩意儿，浪当公子哥儿的经典造型就是手提"三洋机"，眼戴"蛤蟆镜"，身穿"喇叭裤"的。

邓丽君正在"三洋"录放机里唱着：

> 小城故事多，
>
> 充满喜和乐，
>
> 若是你到小城来，
>
> 收获特别多。
>
> ……

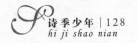
刘小闹对他的女同事们说："你们跳不跳？跳不跳？不要扭扭捏捏的好不好？"

家门口的男孩邀请眼睛特别黑亮的文莉和他跳舞。跳了几步，文莉停下来说这支曲子不能跳三步，应该跳四步。两个人争议不休。马军请个子最高、面颊儿最红的李容跳，他们跳的是四步，一下子就踏准了节拍，好像很享受的样子。这使家门口的男孩觉得很没面子，悻悻地告辞走掉了。

马军说："哎，杨光，你别干站着啦。"

刘小闹已经拉了文莉跳着，扭头对我说："对，你也跳吧。"

三名女性中还有一个姓钱，大家管她叫钱小胖。钱小胖脸上有几粒雀斑，这使她有点儿自卑，但又不甘寂寞，眼神一波一波地会说话。既然别个都名花有主了，我就很自然地和钱小胖拉呱。

"哎，你怎么不跳啊？"我说。

"你不找我跳，我跟谁跳啊？"

这倒是一句实话，我笑起来："可是，我不会……"

"谁不是从不会学会的呢？"

钱小胖圆咕嘟的小嘴说出话来，好像鱼缸里的金鱼冒出一串水泡，令我有几分惊讶。于是，我搂住她的腰肢，她把软乎乎的小手搭在我肩上，我们学跳华尔兹。

不一会儿，我就学会了华尔兹的基本步伐。无非是向后退一步，横拉一步，然后并步。接着，她又教我快三。这就有点难了，因为旋转时要把脚插进她的双腿之间，我老是插不到位，就总是旋转不了一百八十度。她一遍遍地教导我："往前插，你得往前插……"

我大起胆子，把脚插得深一些。一旋转起来，我的大腿内侧和她的大腿内侧竟然贴到了一起。刹那间，我的心里蹿起一股热浪，两腿之间"腾"地充电一般。钱小胖与我有同样的感受，表现为她把我的手攥得更紧，手心里潮乎乎的。我们谁也不敢看谁，虽然我们还在随着音乐的节拍跳舞，但是，她再也不说"往前插"了。

一曲终了。大家放下各自的舞伴，同性之间凑到一起叽叽咕咕。马军对我挤眉弄眼地说："想不到吧？刘小闹有这么大的魅力。"

我说："看不出来！刘小闹哪儿长得漂亮吗？"

钱小胖在一旁插话说："你们没发现吧？刘小闹长得有点儿像杜丘！"

刘小闹笑道："你算了吧！什么杜丘，是高仓健！"

下一支舞曲刘小闹就找钱小胖跳，把眼睛黑亮、睫毛很长的文莉调给我。说实话，钱小胖虽然逗人喜爱，比较之下，还是文莉更让人有心灵触电的感觉。她的眼睛往上抬起的时候，我看见薄薄的上眼皮囱囵一转，仿佛一颗青黄半熟的杏儿摇曳在枝头。她说话的味道也有趣，好像嘴里含着一只毛桃，刺激得口腔痒痒的，合不严实，说出的声音毛沙沙的，有点自来嗲。我搂着她的时候，有一种生怕她化掉了似的担心。

三名女性中我唯一没有感觉的是李容，觉得她脸模子虽然长得好，却没有特点；个子高，却不能说身材窈窕，有点大而无当的味道。马军总是跟她一个人跳，仿佛要把她承包了似的。

在刘小闹的小屋学会了跳舞之后，我兴趣高涨。听说车轮轮箍厂团委组织周末舞会，我匆匆忙忙回家扒一口饭，七点钟不到，就骑上自行车与马军、刘小闹一道赶到了舞会现场。

现场人潮如海，不仅有主办单位的青年，还有许多像我们一样闻讯从四面八方赶来的社会青年。大家不管相识或不相识，男女之间任意邀请作为舞伴，舞场成了一锅黏稠的稀粥，伴着音乐的节奏，缓慢地转动着一团人类的星云。

我们好不容易在人群里找到了文莉、李容和钱小胖。大家脸上挂着兴奋的笑容，相互交流刚刚学会的某个花步。也许主办者觉得人太多了，怕出乱子，九点刚过，就宣布舞会结束。大家都觉得不尽兴，精神亢奋，静不下来。

马军建议转场，到工人文化宫收费的小舞厅去。票价男士两元，女士

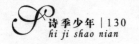
免费。钱小胖说："要去早点去还划算，这时候再跑去岂不是浪费！"马军说："你不知道，早去不如晚去。这时候到那里，把门的放松了警惕，不严！很容易混进去的。"于是，我们一行六辆自行车挥师来到工人文化宫收费小舞厅。

果然，原先把门两个人现在只剩下一个。马军殷勤地给那人敬烟，说了不少奉承话，到第二支烟点着时，那人就暗暗地做个暧昧的表情，把我们放进去了。

收费舞厅人少多了，但也有几十对。一半在铺了木地板的舞池里跳舞，一半坐在靠墙的长条椅上欣赏。音乐是伦巴舞曲，我们模仿别人的样子练习扭腰出胯。学会了基本舞步，就开始男女成对，踏着音乐的节奏摇曳扭摆，那动作颇有几分挑逗的意思。

我们一直跳到夜半三更。走出舞场来到大街上，感到夜深人静的清爽。此时大街上空空荡荡，我们可以骑自行车奔驰在马路中央。刘小闹提议，我们排成一路纵队压着道路中央的白线前行。在车水马龙的白天，这是不可能的事。走在马路中央真好，让我们有一种上升为生活主角的感觉。路灯把我们的影子长长地拉伸在地上，仿佛要把这一个瞬间无限地延长下去。

20世纪80年代是年轻人唱主角的时代，就像一首歌里唱的那样：

> 啊，亲爱的朋友们，
> 让我们自豪地举起杯，
> 挺胸膛，笑扬眉，
> 光荣属于八十年代的新一辈。
> ……

以这首歌为代表，青年的自信与热情极大地释放出来。经历过"蓝蚂蚁、黑蚂蚁"时代，中国社会迎来一场青春解放运动。代表性的标志就是到处盛行的交际舞会。如今五十岁左右的人，你问他青春在什么地方？他也许会说，就在郑绪岚的《太阳岛上》，就在叶佳修的《外婆的澎湖湾》啊……

# 第十八章

　　船上的生活还是老样子。就像餐厅里那只"三五牌"老钟，不紧不慢地摇着它的钟摆，时而"当当当"地敲一通钟，次数与上一次不同，仅有这一点点区别罢了。

　　关于牛丽萍的新闻在船上已经传得沸沸扬扬。

　　消息的源头很明确，来自女舵工邹月英。她趁船泊武汉的机会上了一趟岸，回来就公开传播了一个口实：牛丽萍哪里是在家休假，她是借休假之名到医院堕胎去了！

　　这个消息令我暗自吃惊。牛丽萍这是跟谁有的呢？

　　邹月英说，她在医院里碰上了牛丽萍，大概堕胎手术不顺利，牛丽萍为此住进了妇科病房。邹月英言之凿凿地说，她甚至当面看望并安慰了牛丽萍。说到这里，邹月英鄙夷地撇了一下嘴，这使她那张磨刀石脸显得更凹了。

　　牛丽萍在船上青年人中有人缘，邹月英在上层船员中有市场。上层船员年龄一般偏大，这使邹月英对牛丽萍存在着一种微妙的醋意。她几乎抓住一切机会不遗余力地攻击牛丽萍。牛丽萍出了堕胎的事，邹月英就像出门捡了金元宝，喜不自胜。她装出跟你说悄悄话的样子，好像只对你一个人说似的，其实她在一个上午，就把"牛丽萍堕胎了"这件事传得全船上下没一个人不知道。

这种事，想来她也不敢随意造谣。我纳闷是谁应该为此承担责任？毛红光不用说是跑不了的，可是，曹志高看样子也有点焦虑不安。不管是谁，这下糟了。牛丽萍都堕胎了，又闹得沸沸扬扬，这事该如何收场呢？牛丽萍回船怎么有脸见人呢？我带着一种焦灼的心情观望着事态的发展。

牛丽萍终于休假回来了。她一回来，就被叫到政委室去了。我不知道将会看到怎样一个牛丽萍，是伤心欲绝，还是羞愧难当？木匠万波等人跑来跑去，这些包打听就像预报好戏即将开场那样，恨不能敲着锣把牛丽萍登台的消息传遍全船。

我有心观察一下牛丽萍在知道自己出丑后的表情反应。这跟我练习写作有关。这种心理有点阴暗。不管怎么说，听到她堕胎的消息，固有的观念使我对她的看法是鄙夷大于同情。

出乎所有人的意料之外，我们还没有看到牛丽萍，就听见牛丽萍大声地唱着歌，欢笑着走在天篷下的甲板上。人们伸出头去，看见从政委室出来的牛丽萍，脸上笑成一朵花模样，她大模大样连蹦带跳地朝我们走来，嘴里哩哩啦啦地大声唱着歌，完全一副敢作敢当无所谓的样子。她的表现在一瞬间击碎了所有人的预期，颠覆了想象中可能有的各种各样的表情，让我们突然意识到这原本不是什么大不了的事。

曹志高私下里斥责牛丽萍表现无耻，简直不要脸！为此我跟他发生了激烈的争论。我认为这是看似愚蠢的牛丽萍保护自己免遭灭顶之灾的生存智慧。牛丽萍并非不爱面子，也非道德败坏到丧失廉耻的程度。在一个要利用此事把你摁在水里淹死的环境里，你的软弱你的自责只会让人把你踩得更狠。曹志高说，你这样说岂不是鼓励人们做了坏事不要忏悔吗？我说，并不是这样的！牛丽萍的表现跟要不要忏悔没有关系。既然一切都已无可挽回，她的快

乐和无所谓有效地保护了她不受更大的伤害。能做到这一点，说明牛丽萍还是很勇敢的。

时过境迁，我们再看牛丽萍堕胎事件，社会的包容度大多了，当时的道德舆论却足以令一位少女自杀。如果当事人把这件事看得很严重，它便像天塌地陷一般；而当事人一旦采取无所谓的态度，旁观者也就不再拿它当回事。这跟厚颜无耻无关，这是一个弱者身处危机之中保护自己的有效手段。发生了堕胎这样的事，我们原以为牛丽萍在长江2057号再也待不下去了。可是，牛丽萍的态度使我们觉得，她甚至无须调船。

我想起但丁的名言："走自己的路，让别人去说吧。"这句话用在这里并不恰当，但是牛丽萍在这个题目下表现出来的勇气，让我得到一种启示：即使犯了错误，也不要就此沉沦任人践踏。牛丽萍的表现是最好的现场直播式的演绎。

不久，牛丽萍的谜底揭开，堕胎事件的始作俑者被确认是毛红光。毛红光远没有牛丽萍洒脱，他立即被这件事压垮了。远在牛丽萍堕胎的消息刚刚传开，毛红光就神情紧张，语调尖锐，把自己撇脱得一清二楚。当时就有目光敏锐的老码头如万波等人，揣测毛红光有问题。事实上，牛丽萍并没有向船长政委交代是谁干的，是毛红光自己绷不住了。

毛红光被左政委找去谈话之后，经不住一哄二诈，终于承认了与牛丽萍的两性关系。在左政委的要求下写了保证书，澄清自己不是耍流氓，保证自己今后娶牛丽萍。这件事总算有了一个交代。但是，过了一阵子毛红光又反悔了。他受了其他船员的撺掇，相信自己并不是唯一的作俑者，甚至不是始作俑者，却成了最后唯一的替罪羊。

毛红光被自己的反悔折磨垮了。他总是愁眉苦脸，唉声叹气，那抹俊逸的小胡子也刮掉了，潇洒的长发也甩不起来了，他再也不是过去那种意气风发的样子，变得像一个挨了打的乏走狗。

牛丽萍经过这件事，反而变白了。她白胖胖的，傻乎乎地笑着，满心以为将来可以嫁给毛红光。她跟在瘦长挺拔、满脸阴郁的毛红光身后，活像一只北京大白鸭。毛红光仿佛狗撵鸭子呱呱叫的那只狗，被主人一顿呵斥，变得一副倒霉相，反过来成为鸭子追撵嘲笑的对象。

# 第十九章

1983 年，船员们休假回来谈论热烈的一件事，是各地的"严打""从重从快"处理罪犯。

电报员王龙干说："前天晚上，南京市里开着卡车在巷子里按名单抓人。好多街上的小混混从被窝里被揪出来，押上卡车带走了。"

机匠老枪说："我们家乡也抓了一批。有的人根本不知道犯了什么事；有的人犯事已经处理过了，这回又抓进去，理由是过去判轻了。"

木匠万波说："听说抓的人太多，看守所蹲不下，很快要大批遣送到新西兰去。"

我问："什么？新西兰——那不是外国吗？"

"哈哈哈，"万波大笑，为他的话把我绕进去感到高兴，"不知道了吧？孤陋寡闻了吧？告诉你吧！新西兰指的是新疆、西宁和兰州。泛指大西北。劳改犯们都到那里去修地球。"

木匠万波一副万事通的样子，说了一大通有关劳改的奇闻逸事。其中对"坦白从宽，抗拒从严"的最新阐释令人耳目一新，他的念白合辙押韵，让我们听得都笑起来。

曹志高说："老万，你就茅厕缸里嚼蛆，满嘴胡吣吧。搁在'文革'时候，打你一个现行反革命！"

万波亲历"文革"，心有余悸。曹志高一炮把他打哑了，现场气氛有点沉闷。曹志高用这种办法确立威信后，又想把气氛重新挑活起来，就说要带大家到炼油厂的游泳池去游泳，他说："我带你去一次，你们自己就想去第二次。"

我说："没这么玄吧？在江里游泳不是蛮好吗，何必跑那么远？"

曹志高说："你不知道，游泳池的水可不像长江水那么汤黄，游泳池的水清澈透亮，一眼望到底。还有，唔，还有……"

曹志高伸长脖子，咽了一口涎水，想来水下的情景十分诱人，说到这里曹志高都要淌哈喇子了："还有那些穿泳装的少女，身材苗条，体态丰腴，那真是一道靓丽的风景线。她们穿得又少，看哪里哪里有戏，保管叫你大饱眼福！"

木匠万波像一只缩头乌龟，这时又冒泡了："撑死眼睛饿死鸟！这就是大饱眼福？"

包括曹志高在内，船员们哈哈大笑起来。

夏夜的凉风轻快地拂过天篷下的甲板。月光如水，照得天地一派清凉。从甲板上望去，江岸上的丘陵间有许多白色的储油罐。它们布满山间谷地，好像一些巨大的白色坟墓。这座炼油厂的地形好像一个八卦迷魂阵，我总是在里面转向，辨不清东南西北，每次去炼油厂门前的集市玩，只好顺着去时的路摸回来。天黑之前，我看见马军的驳船也在码头上卸油。船一靠泊我就上去找过他。他不在，不知到什么地方去了。

万波的俏皮话正在叫大伙发笑。忽然，远远的岸边传来一阵摩托车的轰鸣声。一辆三轮挂斗摩托车从沿江道路奔驰而来，拐上前方的码头栈桥，直驶到囤船上，停在马军他们卸油的驳船边。

船员们全都伸长了脖子，不知道会有什么好戏上演。只见从三轮摩托上下来三个人。两个身材魁梧的男人，一个娇小却不失丰满的女人。他们十分小心地上了驳船，把值班的驳船水手叫了出来。

隔得太远，听不清他们说什么，只见身材高大的男人指手画脚，非常凶悍的样子，而值班水手一个劲地摇头摆手，似乎在否认什么。那男人指定了值班水手，问那同来的女人，女人也摇头。那两个男人才稍稍收敛了气势。

我和曹志高觉得情况严重，因为是马军的驳船，便急忙从栈桥上绕过去，到跟前看个究竟。原来两个男人是炼油厂保卫科干部，要找的人果然是马军。据这两位保卫科干部说，马军"耍流氓，跑了"！

"既然跑了，怎么见得是马军呢？"我们避开保卫科干部的锋芒，问那跟他们一同来的女人。女人岁数不大，是个二十多岁的姑娘。她跟我们说马军在审讯时自己交代了名字和单位。"要不，我们怎么知道他是船上的水手？"那姑娘说。

原来，马军游泳时在水里扎猛子不老实，用手摸了那个姑娘的大腿，她嚷叫起来，泳池边值勤的老头听见了，把马军提溜了上去，把他与那个姑娘一道送进了炼油厂保卫科。保卫科干部审问出了马军的姓名、所在的船名。马军一开始以为问题不大，都照实说了。

保卫科干部把他晾在一边，详细询问被摸姑娘当时的情况和过程，连摸到大腿的具体部位都问得十分仔细，并认真地做笔录。姑娘被问得不好意思，看见马军可怜兮兮的，甚至有一丝怜悯相，便想打马虎眼。不料保卫科干部却说："哼哼，这小子，该送新西兰了。"

马军靠窗坐在保卫科干部背后的一条长椅上。他越想越害怕，联想到最近正在进行的"严打"，恐惧突如其来地攫住了他的心。他悄悄观察了一下窗外的情况，这是二楼的后窗，窗外有一条壕沟，地面离窗台不太高。马军拉开窗子的插销，一转身上了窗台，一个飞跨，跳下去，逃跑了。

保卫科干部见嫌犯逃跑了，怀疑马军说的并不是真实姓名船名。他们带来了那个在水里被摸了大腿的姑娘，抱着碰碰运气的态度来现场辨认。当他们发现驳船上确实有个叫马军的，而且从下午离船到现在还没有回来，又比画了身高，面孔特征，基本上可以认定，从保卫科里逃跑的人正是马军无疑。

　　一名保卫科干部厉声要求驳船上的水手，一旦马军回来，叫他立即去保卫科自首。另一个说，他不会回来了，不过他跑不掉的。他们走掉之后，我和曹志高一直在驳船上等候，想要盼到马军回来。可是真要见到他回来，还真不知道该跟他说什么。赶上"严打"风头，马军做出这等掉链子的事情，谁知道该怎么办呢？上半夜过去了，马军一直没有回来。过了午夜，天上下了露水，我和曹志高只好回船睡觉去了。

　　第二天，我到"东九"去借书。"东九"是一条报废的船，它原是叫作"东方红九号"的客轮，因为老旧，退出营运，被拖到南京栖霞山江边，简单地改造了一下，作为船员服务工作站，或者叫"基地"。东九工作船上，在三楼艏部有一个图书阅览室。在这里，我意外地见到了马军。

　　一夜过来，马军明显地瘦了一圈，人也苍老了不少。他见了我，一把将四根手指压在嘴唇上，示意我别声张。

　　我悄声问："你怎么在这里？"

　　马军说："我也不知道该去哪里。"

　　我问他："你怎么搞的？"

　　马军说："我是无意的。我闭着眼睛扎猛子，谁知道会碰上那个扫帚星。"

　　我说："那你不会跟他们说清楚？跑什么跑！"

　　马军说："这事能说得清吗？而且，现在到处都在严打，我是倒了大霉了……"

　　我说："那你今后怎么办呢？"

　　马军发出深长的叹息："我也不知道。"

　　马军坐在图书室的旮旯里，不敢随意走动，怕有人认出他来报告公安局把他逮去。他告诉我，昨天晚上他们已经来东九搜寻过他。他当时就睡在图书室靠墙的那圈弧形座位上。那些人从图书室外走过，手电筒的亮光射进窗户，与他仅仅只有一层铁皮之隔。他当时紧紧贴着墙壁，闭着眼睛认定要被逮住了，可是他们竟然没有发现他。

　　我瞅了一眼图书室墙壁上镶嵌的那些窗户，窗户已经十分老旧凋敝了，马军可以不费事地弄开它，从窗户自由来去。但是，图书室要是少了书，岂不是又添一项罪名？虽然他没有心思看什么破书！

　　我劝他还是主动去把问题讲清楚。这事也许没什么大不了的。但是马军坚决不肯，他也听说过那个发配"新西兰"的传闻，他害怕真的被流放到天涯海角。

　　事情到了这种地步，我也没有什么好主意。我给他从东九食堂买来了馒头。他一边狼吞虎咽，一边问我借钱，说打算从东九走到栖霞镇，坐公交车进城，然后回家。我身上只有一块几毛钱，从南京到我们小城的火车票八毛，加上倒公交车的费用，算算看刚好够了，便一齐都给了他。

　　马军吃饱了，准备离开东九。在下船的舷梯上，害怕发生的事还是发生了，船队政工组的人发现了他！

　　政工组长领着三五个人追到通往岸边的栈桥上，把马军扭住了。马军挣扎中把一个人掀到水里去了，但还是没有逃掉。我看见马军被几个人挟持着，重新带上了东九工作船，押进了三楼的一间办公室。我也跟了过去。

　　在船队政工组门外的船舷旁，我装出不在意的样子趴在栏杆上，眼睛朝岸上张望，耳朵却听着身后的动静。他们大声咋呼着审问了马军。我以为他们会本着"惩前毖后，治病救人"的方针，内部处理马军。可是没想到，政工组长拿起电话机打通了栖霞山派出所的电话。

　　他们要完成任务，他们要把他交出去！

　　我看见马军细小的瞳孔里射出狼一样绝望的光芒，面庞透出青灰色的死相。马军以上厕所为名，趁人不备，第二次逃走了。这一次他逃进了东九船肚子——废弃的机舱。机舱很大，里面乱七八糟，到处是生锈的铁件。人们猜不透马军会做出怎样歇斯底里的举动。所以明知道他很可能就在机舱里，却只敢在比较亮堂的地方看看，喊几嗓子，并不敢认真地到每个角落去搜查。他们估计马军没有走远，因为从东九到岸上要经过一段较长的栈桥，如果他从那栈桥上经过，肯定会被人看见。于是派人把住从东九登上囤船的那架舷梯，截断他从陆路逃走的通道。

事后马军说，他在机舱那台早已冷却的锅炉后面一直等到中午。趁着午睡时分，他悄悄地越过船舷，爬上了一条靠泊在东九外档的长江 2066 号顶推船。他在顶推船上无处藏身，于是爬到了船顶上，在驾驶台顶上那块一人多长的船名灯牌后面躺下来，尽量减小身体的目标。

午后的骄阳炽热地晒烤着船顶甲板。马军苦熬了一个多小时，好不容易等到长江 2066 号离开东九开航。一阵江风吹来，令他感到少许凉意，也许还有一点点欣慰。不幸的是，拉开距离后，东九船头调度室里的调度员从望远镜里发现了他，立即通过升高频无线电话通知了长江 2066 号政委。于是，从驾驶台蹿上来几个小伙子，他们摁住了马军，如狼似虎地把他押下了船顶。他们给他上了绑，关在吸烟室里，轮船重新又靠回了东九。

这一回政工组的人对他不再等闲视之了。他们气势汹汹一窝蜂地把他从顶推轮上押解回来，摁倒在办公桌下，拿出电警棍来，把他捅得吱哇乱叫，厉声教训他要老实一点儿。马军被这阵势吓住了。为了免遭皮肉之苦，人家要他怎样就怎样，头低得差不多钻进了裤裆。

马军交代了从保卫科逃走后的所有行踪。由于交代了谁给他买的早饭，我在东九也被政工组的人截住，带往另一间办公室。他们指着我的鼻子问："你为什么不报告？你为什么给他买馒头？你这是包庇窝藏罪，你知不知道？"

我不知哪儿来的勇气，微笑着对他们说："那你们就把我送到'新西兰'去吧！"

船队的林队长来了。他听了别人的报告，看我的眼神有些怪异，问我："马军交代了你，你不恨他？"

我说："我能理解。"

林队长又问："他出卖了你，你也不恨他吗？"

我说："他被吓晕了。"

林队长意味深长地看了我一眼，背着手走了。

正当我感觉事情麻烦，前景有些不妙的时候，政工组长被人叫了出去。又回来时，他凶巴巴地训斥了我一通，竟然把我放了。走出政工室的时候，我有一种虎口脱险的感觉。

马军是被派出所干警用三轮摩托车押走的。他被戴上了手铐，坐在车斗里。因为他已经逃跑过两次，干警们怕出意外，一个小个子干警与马军一道挤在三轮摩托的车斗里，那情形好像马戏团的一只猴子骑在羊的脖子上。那辆押着马军的三轮摩托车在堤岸的黄土路上扬起一阵烟尘，拐上栖霞山脚下的那条煤渣路。在坑坑洼洼的土路上，三轮摩托车颠簸起伏，好像一艘小船破浪前进。

经过简单的审讯，马军被处以刑事拘留十五天。这在当时应该说是一个不重的处罚。听说派出所到船队来调查过马军有没有其他案底，还打电话到马军家乡派出所询问了，马军历史清白，没有不良记录。

拘留期十五天没满，马军就出来了。他是站着进去，躺着出来的。他的脾脏被人打破了，差点儿为此送命。打他的人是狱里的牢头，一个非常凶蛮残暴的家伙。他打人只是为了发泄，为了好玩。他看见马军宽肩长腿，模样儿不错，一时情痒难熬做出轻薄举动。马军哪里受过这个，严词抗拒，被一顿暴踹，踢破了脾脏。牢头还不许马军哼唧，直到同监房的人看见马军快不行了，怕受连累，才报告了看守。

马军事件之后，我所在的长江2057轮开会，政委左拐子对年轻水手们说："你们要吸取驳船队马军的教训，不要眼馋岸上那些男男女女的生活，那种生活不属于你们，你们不要去瞎掺和。"

左拐子这番毫无人性的话，连一点儿起码的政策水平都没有。引起我们几近生理上的反感，更不要说去思考它。但是在严峻的现实面前大家都敢怒不敢言，没有一个人站出来与左拐子辩一辩是非。也许，并非完全因为怯懦，有一股浓烈的自怜情绪使我们变得软弱无力。

那天吃过晚饭，上岸散步的水手们回来哄传，岸边有一个淹死的死尸。于是大家都跑去看。我憎恶看见死亡的面孔，但是为了写观察日记，也跟去了。

在码头下游的滩涂上，被河水冲到岸边的那具尸体已经高度腐烂膨胀。只看见一堆破布似的东西，看不见死尸的脸。我有些恶心，不敢细看，但还是强迫自己，屏住呼吸，定睛向那已经有些气味传来的地方看去。突然，我明白为什么开始没有看见那张死尸的脸了。因为，那张脸颜色跟河滩上的烂泥一色，已经泡得有笸斗大，跟身体一般粗细，扁平得失去任何线条……

死亡在我心里引起的感情，是惊悸夹杂着恐怖。我退到江堤顶上齐腰高的筑墙后面，企图以钢筋混凝土的筑墙来做掩体。夏日的太阳也如我一样躲藏在阴霾之中，从云缝里闪出紫色的金光。大江上下一派肃穆，有几只江鸥啾啾地唱着哀音。直到夜幕就要降临，终于有一辆警车开到江边。下来一些人，用一只黑色的袋子把那个令人愁惨的死尸运走了。

生命是宝贵的，死亡让活着的人感到人生无常。

活着是美好的，尽管有些艰难、暗淡或忧伤。

无论生活中有多少狰狞与丑陋的一面，无论乌云遮住日头有多久，太阳总是要出来的，生活总是美好的。我相信车尔尼雪夫斯基那句话——"美是生活"，我相信美无处不在，只要我们睁大眼睛仔细看，总能找到美好的事物。

# 第二十章

长江在江阴鹅鼻嘴以下骤然开放成一个喇叭形，到了南通狼山一带已然两岸茫茫见不到边。在经历了虎跳峡的跌宕，瞿塘峡的险滩，九曲千回之后，到这里长江显示出宽广恢宏的气度，它那不疾不徐的江水变得平缓开阔，具有一种浩瀚的美。

长江 2057 号来到江阴鹅鼻嘴下，在江阴澄西船厂进了船坞。除了要解决螺旋桨尾轴漏油的问题，我们的船还要在烟囱上焊一个新的永久性标志。这个新的标志是一个蓝色的"C"字里驶出一只船的形象。随着长航分局转变为船舶公司，我们的单位变成了企业。宛如过去旧军队改旗易帜，我们船上这个新标志令我们眼前一亮，有一种焕然一新的感觉。新公司新气象，给我们每人发一套新制式的米黄色船员制服，这套制服的特点是包括一只大檐帽，帽徽上的图案嵌着一只铁锚。

我最喜爱那只大檐帽。高尔基的小说《人间》，封面上的少年主人公，就戴着一只帽舌低沉的大檐帽。戴大檐帽的木刻少年穿一件俄罗斯风格的圆领衫，将外套搭在肘弯里，英姿飒爽地走向人间。那是我十分景仰的浪漫不羁的风度。现在我也有了一顶大檐帽，这真是太好了，让我有一种梦想成真的感觉。

在澄西船厂修船的日子，是我的水手生活里阳光灿烂的时刻。那段时间里我有一种心明眼亮的感觉，我的人生仿佛长江走到了鹅鼻嘴，变得宽阔起来。

那时候，我们有机会天天下水游泳。游泳从跳水开始，站在高高的漆成天蓝色的船坞上，我们比试谁有胆量从这不亚于十米跳台的高度跳下去。

王龙干这时候显示出他的英雄本色。当我和曹志高兴冲冲地爬上高台却畏惧不前时，王龙干二话没说，一个筋斗扎进江水里去了。毛红光嘴巴上不甘示弱，真往下跳也含糊。闹了半天，我们几个只敢跳"冰棍"——双脚并拢，捏着鼻子，笔直地跳下去。

王龙干越跳越勇，竟然跳出花样来。只见他往前一纵身，像飞机一样在空中展平了身体，等到快要接触水面的一刹那，才把头一低，身体一躬，巧妙地钻进水里去了。我知道这是相当危险的动作，要是身体平拍在水面上，那非拍坏了五脏六腑不可。

曹志高跳不了优美的动作，就表演出怪相。他看见牛丽萍裙裾飘飘，站在被船坞高高地托出水面的长江 2057 号上，正斜倚着船舷栏杆，眉开眼笑地看着我们这群争强斗勇的好汉们。曹志高从船坞台上瞟一眼牛丽萍，高声喊道："One two three，爱情万岁！"只见他伸出胳膊肘向前，摆一个英勇就义的姿势，把腿一蜷，跳了下去。他的上半身很英勇，可惜下半身腿没有伸直，像小鸡爪子似的勾勾着，暴露了他的胆怯，令旁观的我们全都哈哈大笑起来。

牛丽萍也禁不住咯咯地笑弯了腰，她那圆鼓鼓的丰乳仿佛要从衣衫里冒出来，笑声活像一只母鸡。

我们纷纷跳下水去，拼尽力气向江心游。因为我们看见有一支拖轮船队正从下游向上驶来。我们的目标是挂在拖轮后面的驳船上，让它带着我们逆水而上，然后再顺水漂回来。

洪水季节水流速度很快。要想顶住水势逆流而上，几乎是不可能的。我们只能随波逐流地一边下漂一边横游，等拖轮船队的拖头过去之后，一阵猛

游，挨近后面跟着的驳船。靠近驳船时，江水流得更快了，可以看见湍急的水流在船体上擦起白光，像一群群争先恐后的白老鼠一样唰唰地溜过船舷。在船舷上悬挂着报废的汽车轮胎，那是靠码头时充当缓冲的靠垫用的，它们挨着水面，激起浪花，溅出白色的飞沫。

我一阵猛划，转眼之间就够着一只轮胎，紧紧地抱住了。这一来我就可以放松努力，让拖轮带着我走了。猛然间，我感觉有人扒我的短裤，力量之大，好像一下子要把它撸了去似的。我急忙腾出一只手来，揪住快要滑脱的短裤，同时意识到是湍急的江水在作怪。

"呵呵，××的！"我大声笑骂道，看见曹志高、王龙干和毛红光也都各自抱住了一只轮胎。他们也遭遇到和我一样的窘迫。

曹志高这个凡事总喜欢闹出一点儿绯闻的家伙，大声地对我们喊道："我的裤头，我的裤头，被水冲跑了！"

我和王龙干、毛红光等人一边拽着自己的裤衩，一边哈哈大笑。

我们被拖轮船队足足带出去有六七里远，然后一齐松手，顿时有一种被抛弃的感觉。眼看着船队迅速驶远了，我们才心甘情愿地被水流冲刷着重新游回到船坞这边来。

曹志高赤条条，精光光，让我们见识了什么叫浪里白条。他在船坞下遮遮掩掩，既想上船又怕撞见了牛丽萍，只好伏在水里，不敢上来。我们要他交代为什么他没有像我们一样抓住裤衩？曹志高描述他在那关键一瞬间的心理活动，说，只是一念之差，想要试探一下这风骚娘儿们一般的水流究竟有多大能耐，稍一迟疑，裤衩就被水流剥去了。

王龙干说："你是想象有一个小娘儿们扒你的裤子吧？"

曹志高满脸幸福的红光，说："那倒不是。"

我说："你是要享受让水流直接搔着卵蛋子的痒吧？"

曹志高得意道："你还别说，那种感觉真是别有一番滋味。"

我们笑闹了一回，曹志高免不了求我给他拿裤衩来，好让他不至于像个脊椎动物似的上船。我爬上船坞，不肯好好地到船舱里去给他拿裤衩，只是顺便在船坞上找到一件工作服，给他扔下去。曹志高从水里捞起那件漂在水上的衣服，像系围裙似的扎在裆前，瞅一瞅牛丽萍不在甲板上，迅速爬上船来，逃进自己的舱里去了。

我们船上的生活虽然单调，却不呆板。甲板上，船员们用废弃的汽油桶盛上土养了几种花。其中一只桶里种了一蓬葡萄。葡萄根扎在铁桶里，土壤不够肥沃，结出的葡萄又小又酸。然而尼龙绳扯起的葡萄棚却是好的，虽然枝叶不甚茂密，总算在钢铁的岛屿上有一片植物的阴凉。

还有一只油桶变作水缸，养了睡莲。睡莲的油绿的叶子带着一点紫气，静静地漂浮在水面上，有的叶子还没有舒展开，在水面下蜷曲着尖尖的小角，像母腹中的胎儿。偶尔有一两条小鱼从黑色的水之深处钻出来，在睡莲的茎上轻轻一吻，倏忽窜走了。我曾在细雨蒙蒙之际，撑把雨伞静静端详这盆露天的睡莲，它们好像在雨中醒了过来，碧绿的叶子更加油亮了，贴着黑水仿佛睁开的眼睛。钻出水面的是睡莲红了嘴的将开未开的花朵，好像这家人家的长女，亭亭玉立，惊讶地打量这个没有阳光却也白昼如新的天空。

我独自站在甲板上，观赏油桶里的植物和小鱼，眺望远岸如烟如黛的风景，那种凄清忧郁的情调让人有点儿着迷。

这时，我收到一封家信。信中说：小谢同学的生日要到了，母亲要你回家代她办一件事。咦，母亲有什么事要交给我办呢？这事跟小谢——谢宛儿的生日又有什么关系呢？我有点儿埋怨姐姐不把话说清楚，同时清楚地知道，这封信是母亲在一旁口授的。

# 第二十一章

3月7日是谢宛儿的生日。这么私密的事情母亲是怎么打听到的呢？

母亲跟谢宛儿交谈的机会想来不多。谢宛儿到我家来替金果还我的集邮册是一次，母亲去南京治疗眼伤回来的车上是一次，之后还有没有，我不知道。回到家里才听姐姐说，在母亲的眼伤肿痛难消的时候，谢宛儿曾到我家来给母亲送过一种叫"冰敷散"的中药。谢宛儿父亲是业余的民间中医，那是一个脾气极好、有点儿幽默感的秃顶男人，懂得不少偏方。母亲用了他的药，伤肿的眼睛果然好得快了。

母亲跟谢宛儿唠得投机，竟然有心了解人家的生辰八字，竟然很留心地记住了。她让姐姐给我写信，务必在小谢同学的生日前赶回家里。因为母亲要送谢宛儿一件礼物。

母亲要送谢宛儿的是一个银饰挂件。谢宛儿属兔，这个挂件就是一只漂亮的白兔，它用一根细细的银链吊着，戴在脖子里一定很好看。母亲说，她不知道谢宛儿家住哪里，这件事理所当然应该由我来做。

我嘲笑母亲道："连人家的生日都打听得那么清楚，家住哪里反而不知道啦？"

母亲笑骂道："养你这么大，替我做这点儿事就费劲吗？"

我知道母亲的本意，只是母亲不说，我也不点明。我按照母亲的吩咐去做就是了。

来到谢家的时候，谢宛儿惊讶地轻轻"哦"了一声，像小猫被烫了爪子，表情却是愉快的。她的眼睛像万里无云的蓝天，晴朗得没有一丝云翳，脸色是熟透的六月麦地，闪耀着灼热的麦芒一样的光辉。奔放的热情就像拂过田野的一股暖风。她说："杨光，你回来啦？什么时候回来的？"

我没顾上回答她的问题，先叫了一声："谢叔叔好。"

秃顶男人从谢宛儿身后朝我投来意味深长的凝视，脸上浮起一丝微笑，他干咳了两声，说声："好，好，你们聊，你们聊。"自己撩起蓝底白花的半截布帘，钻进里屋去了。

他把堂屋留给了我们。

谢宛儿又是让座，又是沏茶，又是拿瓜子，忙乎了一大气，才定下心来坐在桌子旁跟我说话。

我坐在她们家吃饭的四方桌旁。首先表明来意，谢谢她给母亲送药的事。她含笑把盛着瓜子的果盘朝我前面推，说："吃瓜子。"

吃瓜子的样子多么轻浮琐碎啊，我宁肯喝茶，但不碰那碟瓜子。

我说："你真是帮了我母亲的大忙，她让我带话，不知道怎样谢谢你。"

谢宛儿又笑，抿着嘴的样子好看得让人心里发愁。她说："喝茶。"

我端起茶杯来抿了一口茶水。那茶水里放了糖，甜得出乎意料，让人心里一紧，好像中了毒一样。谢宛儿，你为什么要在茶水里放糖呢？你不知道我对你的感情正像这掺了糖的茶水吗？你不如就沏一碗糖水，或一碗茶水，免得我尝到了茶味就尝到了甜味，想起了甜味就想起了茶味。它们掺和在一起，简直就是有毒的呢。

谢宛儿并不知道我此时的心思，她低着头盘弄着钥匙扣，把那上面的钥匙弄得哗啦哗啦响。

我拿出母亲给她买的银挂件，说："哎，我妈知道你的生日呢。她给你

买了一个小玩意儿。"

谢宛儿欣喜地接过那件物品，爱不释手地端详了一遍，又拎着挂件链子的两端，双手放到耳朵下，让小兔子呈现在自己的脖子里，对我说："好看吗？好看吗？"

我的目光完全被她那快乐迷人的面容吸引了，小兔子挂件一点儿都不重要，重要的是她那富有感染力的表情，在那一瞬间，俘获了我的心。

从谢宛儿家出来，迎面碰上了马军。

马军的表情阴郁，过去那种又高又帅的劲头全然不见了。他在看守所被打坏的脾脏摘除了，身体好像泄了气的皮球。他正要拐进一条巷子，若不是我主动招呼他，看样子他打算装着没看见我。

"嘿，马脸。"我大声招呼道。

"哦，你回来了？"马军淡淡地说。

"嘿，怎么啦？哥们。"我力图使他快乐一点儿。

"我在信里向你道过歉了。"马军说。

"说什么哪！"我把手搭在他的肩上，原来他是为被迫供出我在东九给他买馒头的事而内疚呢，我说，"我根本没介意。而且他们也没把我怎么样。"

"你什么时候回来的？"马军问。

我看出他有点介意我回来后没有在第一时间去找他，以为我疏远了他，不由得在他肩上捣了一拳："瞧你，什么时候这么个臭德行了。这不才回来嘛！"

马军被我这么捣了一下，脸上的表情才好看一些。于是，我问他调动回家的事办得怎么样了。

我记得自从我们毕业分配的那一天起，马军就说要调动回家，为此他甚至不在乎被分配到驳船上。其实他只要争取一下，分配到顶推轮或油轮上都是不难的。可是他却把全部赌注押在调动回家上了，结果呢，这事迟迟没有结果。马军听我问他调动的事，叹了口气说："上次差不多已经办成了，结果接收单位一把手出事了。最后一刻，功亏一篑。现在又联系了一家，大概能成吧？"

我为马军祝福，说："你是应该早点调回来，驳船上那么寂寞，哪是年轻人待的地方。"这话一出口，我就想起曹志高的说话艺术，不禁为自己没有长进感觉后悔。

果然，我的话触动了马军的某根神经，他的脸色更加阴郁了。


过了一天，谢宛儿到我家来，谢谢母亲送她的挂件。

谢宛儿把那个银兔挂件系在脖子里，显得妩媚喜人。她的到来可把母亲高兴坏了。她拉住谢宛儿的手，一个劲儿地当面夸奖她："这丫头心肠好。"

我觉得母亲真不会说话，夸人一般都说漂亮呀、聪明呀什么的，有哪位姑娘在乎别人夸她心肠好的呢？

母亲看我瘪着嘴不说话，知道自己喧宾夺主了，就主动退居二线，说："小谢呀，中午在我家吃饭，我买菜去。一定不能走。一定不能走呀。"

母亲拎着菜篮子出门了，我和谢宛儿坐在饭桌的两头，一时间谁也没有话。这时，我倒巴望母亲在场了。母亲那些絮絮叨叨没用的废话起码可以填补时间的空洞。

谢宛儿沉思了一会儿，话题还是从金果那儿引出来："你知道吧？金果她家人给她介绍了一个对象，听金果的口气，并不满意。"

"哦。"我说。

"那个人是一个司机，开卡车的。"谢宛儿又说。

"唔。"我说。

"你什么意思呀？"谢宛儿笑道。

"四个轮子一把刀，白衣战士红旗飘嘛。好嘛，最吃香的职业，还能有什么意思？"我说。

谢宛儿却不同意："不是你说的那样，要看人！"

"看人还不都是一个鼻子，两只眼睛。"我说。

"切，你真气人。"谢宛儿把小嘴噘了，头向外仰，眼睛却还瞟着我。

我心想，金果满意不满意那个人，跟我还有什么关系呢？不过我还是暗暗感谢谢宛儿把这事告诉我。任何有关金果的信息对我来说虽然没有用，但还是宝贵的。

谢宛儿提出要走，我说你是来跟我母亲道谢的，你还是当面跟她道别吧。谢宛儿的脸色又亮了起来。她知道我喜欢她留在这儿，就搬出她在小学教书和孩子们打交道的情况来说。我也说了说船上的生活情形。

话一多，时间过得就快了。母亲回来，说什么也不让谢宛儿走。谢宛儿只好留下来，到厨房去帮母亲理菜，跟母亲说些家常话。

母亲做的饭菜对一个游子来说永远是最香的。不知道这顿饭给谢宛儿留下怎样的印象，我是因为所有的菜都是久违然而熟悉的老朋友而感到非常亲切。

那天，母亲一个劲儿地叫谢宛儿吃菜，谢宛儿笑盈盈地说："谢谢，谢谢。我自己来。"

不知怎么搞的，谢宛儿的念头又跑到了金果身上。谢宛儿忽然说："到你家来，我跟金果说了。"

母亲说："你别跟她说呀。"

我问："金果怎么说？"

谢宛儿说："金果没说什么，她看了看我的挂件，说，好吧！"

母亲笑道："你连挂件也给她看了。"

谢宛儿说："像伯母这么好的人，金果要是有福……"

我说："母亲从来没有留金果吃过我们家的饭。"

母亲打岔说："哦，我那天看见她跟一个白白胖胖的男人坐在车上，那是她的男朋友吧？"

　　谢宛儿说："她母亲为了拆散她跟杨光，收住她的心，就早早地给她介绍了一个。"

　　我说："你从我家回去后，是不是也要跟金果汇报汇报啊？"

　　谢宛儿调皮地头一歪，说："当然。我们是最要好的姐妹嘛。"

# 第二十二章

母亲的这顿饭使我跟谢宛儿的关系大大地迈进了一步。

这个假期变得明媚起来。谢宛儿就像一支金色的小号，嘹亮地插进了我的生活，把日子里所有的阴霾驱散了。

我们到学校去了。我，谢宛儿，到初中就读的学校。表面上的理由是去看望中学团总支书记张老师。但这只是一个借口，本质意义在于我跟谢宛儿又有一个机会在一起。张老师是我的入团介绍人，也是谢宛儿的入团介绍人。那是一个二十多岁的年轻人，住校，还没结婚。我们曾有书信往来，但已渐渐稀疏下来。

让我内心高兴的是，张老师并不在宿舍，我们扑了个空。接下来该往哪儿去呢？我把这个问题提出来，谢宛儿说："随你！"

夜幕四合，万家灯火。我们两辆自行车推出学校，在门口停顿了一下，前轮碰着前轮，好像在商量应该是向左拐还是向右拐。左拐是回家的捷径，不出十分钟就可以到家。右拐也可以到家，需要经过佳山脚下，绕过雨山湖，费时至少在一小时以上。我说："咱们去看看桃花开了没有吧。"

佳山脚下有几株桃树，我们军训的时候经过那里，见过桃花开得正艳。谢宛儿说："现在吗，梅花已经谢了。桃花肯定还没开。"

梅花已经谢了，桃花肯定还没开。我听了这句话，以为她是反对去看桃花了。却见谢宛儿的车把儿已向右拐，率先奔我提议的方向而去。我也抬腿上车，跟在谢宛儿后头。

两辆自行车颠簸在坑坑洼洼的路面上。这一段已经快要出城了，道路坏得厉害，又没有路灯。好在月亮很好，团成一轮，黄澄澄的挂在前方，柔和的光辉不像我在船上曾经观望过的那个，亮得惨白。

"你知道吗？这条路上曾经闹鬼……"我说。

"要死噢，吓人啊。"谢宛儿的车慢下来，跟我并排而行。

"现在好了，我们已经过去了。向阳机械厂有个工人据说死得冤，那门口就不肃静。我们骑过去了我才讲的。"

"唔，那也不要讲。"

"好。我不讲。"

因为颠簸，又不急着赶路，我们下了车，并排推着慢慢走。

"我曾经见过一个死人，掉在水井里死了。"谢宛儿说，"那是乡下一个干枯废弃的井，人掉下去不是淹死，是跌死的。又没有当场跌死，摔得血肉模糊的，一个劲儿地叫唤。路过的人听见了，都以为是鬼。有人大胆地问，你是鬼？回答说，我是人。又问，你为什么在下面？回答说，我自己想不开，跌下来了。于是，一村的人都来了。把这断胳膊断腿的人抬进箩筐，抬出来，红头暴眼的，吓人得很。抬上来没有半天就死了。"

"那是个男的吧？"我问。

"不，是女的。"

"咦，你叫我不要说，你自己说得这么瘆人。"

"不是有你吗？跟你在一起，我就不怕了。"

"为什么跟我在一起就不怕呢？"

"你身上有火，什么鬼都避着你。"

我在心里轻轻地笑了，说："刚才你叫我不要讲，这会儿自己偏又大讲

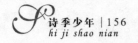
特讲，你的胆子其实并不小呢。"

谢宛儿瞄了我一眼，说："哎，你这个人虽然也不正经，但骨子里正得很。说不出来为什么，我就觉得你是一个好人，百毒不侵。"

"我都被人欺负得叫天天不应叫地地不灵了，还百毒不侵！"我笑道。

"人家说的不是这个意思嘛。"谢宛儿气恼地剜了我一眼，"你明白的，你是故意装不明白。"

我们推着车走了一段路，就来到生长着几株野生桃树的山坳前。在山道上支好车架，把两辆车的大杠用一把链子锁锁在一起。我们便沿着山下的小径向纵深处走去。

桃树果然还没有花事消息，静静地伫立着等待春风。

谢宛儿在一株桃树下站住，我也跟着站住。她手攀一枝低垂的桃枝，从正面注视着我的眼睛。她的明眸深处有一种奇异的东西，宛如变动不居的太极阴阳图，让人把握不定其始终。我不知道她会以怎样的方式挑开那层面纱，不敢贸然采取行动。她那双美丽的眸子盯了我好久好久，然后轻轻地说："过来。"

我像提线木偶那样向前跨了一步，这样她就可以伸手够到我了。她从桃枝后面伸出双手，捧住了我的脸，这动作透着一股浪漫劲儿，让人心生无限欢喜。她的胸脯把桃树柔软的枝条压低了，仿佛要以此作为一条防线，红艳的嘴唇凑上来。

我已经不是第一次与女性接吻了，可是我还是感到一阵窒息。她的红唇又软又厚，带着唇膏的香气，像一块胶糖粘住了我的嘴唇。我被动地接受着她的赐予，不敢索取更多。幸福的感觉让胸口涌起一阵阵热浪。

"谢谢。"我从热吻中缓过神来说。

"去你的。"谢宛儿一把推开我。

"怎么啦？"我莫名其妙。

"你跟我这么客气？"谢宛儿有点儿蛮不讲理。

"没有呀。"

"你跟金果也说谢谢?"

"没有。"我坦率地摇头。

"就是了!为什么对我要说谢谢?"

这个真的无法解释。我忽然想到金果说过,金果比我大三个月,谢宛儿呢,比我小三个月,我有了矫情的主意,说:"因为你比我小,你是妹妹。"

谢宛儿说:"妹妹就可以欺负,不当成自己人吧?"

我说:"对妹妹要更好一点儿。要不,你真的要说我欺负你啦。"

谢宛儿转恼为喜,从桃枝后面低头钻过来,偎到我身上,说:"这还差不多。"

我搂抱着她,心里想起一首歌里唱的"女人爱变卦,像风中的羽毛",那是从《外国名歌201首》里学会的。如果是跟金果在一起,我会把这首外国歌曲唱给她听,但是跟谢宛儿,我觉得还是不唱为妙,省得她又会想到什么别的地方去。

我知道这不公平,但还是禁不住在心里拿谢宛儿与金果对比。我发现金果更现实,更成熟,而谢宛儿则更热情,更浪漫。金果的决定都是沉稳的,笃定的,仕途经济考虑权衡得当。而谢宛儿则任性,率真,行事说不得乖张,多少带点儿我行我素的味道。

要么怎么说金果是姐姐,谢宛儿是妹妹呢。我想,老天的安排真的毫厘不爽。

我们相拥着在草地上坐下来。我想斜躺在草地上,坡度不够高,往后挪了挪,倚着一棵小树,这下坐得比较舒服一点儿。谢宛儿把头歪在我的肩上,从下向上注视着我的脸,说:"你是不是对姐姐热情高一些?"

"什么意思哟?"我抱怨地喊叫起来。

"你比金果小三个月,我说得不对吗?"

"谁告诉你的?"我真的有点恼火,难道我跟金果恋爱中说的话,谢宛

儿也听见了吗?

"我自己发现的。有一次我跟金果聊到你的生日,我发现你正好比我大三个月,比她又小三个月。"

同样的语气,同样的意思,竟然从两个我最爱的女人嘴里重复听到,让我对冥冥之中看不见的力量肃然起了一种敬畏之心。我相信这个句式并不是金果教会谢宛儿的,而是谢宛儿与金果不约而同的感喟。

"那你要叫我哥哥。"这一招我是跟金果学的。

"想得美!"谢宛儿笑起来,在我身上挠痒痒。嘴里不停地咕哝:"看你哪儿像哥哥,看你哪儿像哥哥。"

我捉住谢宛儿的手,把它们架在我的双肩上,她顺势搂着我的脖子。安静下来,我们面对面互相凝视。

我亲吻谢宛儿的脖子和耳垂。她的耳垂很薄,颈窝很深。我解开她的外套和衬衣的第一颗纽扣……

谢宛儿的呼吸开始急促,脸色潮红,凝视我的目光中有一层水汽。她抱着我的臂膀,指甲嵌入了我的肉里。我感觉她那里面湿得一塌糊涂,滑得要命。谢宛儿扭动着腰肢,发出痛苦一般的呻吟。

"杨光。"谢宛儿说。

"什么?"

"你是我的。"

"当然。"

"你不会使我失望吧?"

"怎么会呢?小调皮。"

……

"宛儿,我好难受。"我喃喃地说。

"我知道,我也难受。"谢宛儿说。

"我要你。"

"可是，怀孕了怎么办？"

"不会吧？"

"怎么保证呢？"

"没事的，不会有事的。"

"你有什么办法吗？"

"我……"

如果真的怀孕，我也不知道应该怎么办。我想起曹志高说的，杨光生活常识一窍不通，几乎相当于白痴。他说得还真没错。

"宛儿，给我吧。"我只知道傻傻地索取。

"万一……你有办法吗？"

"没有万一。"

"我不信。"

"给我，宛儿。"

"别，不行的。"

谢宛儿解脱了我的纠缠，理好衣服，站起来走开了。我还赖在原地不肯起来。谢宛儿站在不远处喊我："杨光，我们走吧。回家吧。"

我心里懊恼，含羞带愧，站起来闷头往前走。谢宛儿从后面追上来，轻轻地蹭了我一下。说："别不高兴。给你亲一下吧。"

我停下来，转身抱着她，深长地亲吻。她把舌条探进我的嘴里，我们两根舌条绞在一起。她分泌的口水真多啊，感觉在我的口腔里都要泛滥成灾了，我就"咕嘟"一声，咽了她的口水。

黄色的月亮朦胧地照着我们。远处有两辆自行车锁在一起。我们站在月亮地里，四臂环绕相互拥抱，感觉像两把连心锁，这一辈子也打不开了。

假期快要结束的时候，有一天，谢宛儿神色匆匆地跑来对我说："金果病了。病得很重，已经住院了。"

我说："怎么会呢？金果的身体一向是很健康的。"

谢宛儿忧心忡忡地说："是心肌炎。医生说，这个病蛮厉害的，甚至有生命危险呢。"

"不会吧？有那么厉害？"我不懂心肌炎是个什么东西。

"要不，你去看看她？"谢宛儿建议说。

"我去，合适吗？"说实话，我想去，但又怕见到金果的母亲。

谢宛儿说："同学之间，生了病探望一下有什么不合适呢？何况，我看她也是放不下你，看一看，也许就会好一点儿吧。"

我不能听见这句"放不下你"，这句话好像一只手雷把我的理智轰垮了。我没再多想，就随着谢宛儿一道去了医院。

进门前，谢宛儿告诉我这个时段是她主动承担看护金果的时间，所以我既不会遇到金果的母亲，也不会遇到那个白白胖胖的司机。

走进病房，我又见到了金果。金果瘦了，躺在洁白的被单底下，只露出一张下巴尖尖的小脸。她看见我，惨然一笑，从被单下伸出手来，招呼我："坐。"

我本来可以站着，观察她更方便一点儿，可是她的话就像命令，我不知不觉就坐在了病床前的方凳上。

金果说："你来啦？真没想到。"

我说："你好点了吧？"

金果说："我没病，就是心口老是闷得慌。"

谢宛儿说："金果，要不要喝口水？"

金果说："宛儿，真谢谢你。你为了我……"

谢宛儿说："又说傻话。"

我说："金果，你得想开点。心口闷多数是想不开。"

金果说："我都这样了，还有什么想不开呢？"

我不知道她说的"都这样了"是指哪样？因为听了谢宛儿说的心肌炎有

生命危险的话，我以为她是活不长了，就像听到了噩耗，我的眼泪"唰"地一下蒙上了眼睛，我的身体向前匍匐，凑得更近，金果伸出被单的手一下子被我握在了掌心。

我说："金果，你可要好好的。"

金果的脸上有了一丝红晕，点点头，说："我没事，你也要好好的。"

我们四目相视，耳中响声如潮。病房里除了对方，一切都消失了。不知过了多少时间，我的脑子清醒了一点儿，环顾四周，发现谢宛儿不知什么时候不见了。

直到我想要离开金果的病房，谢宛儿也没有再回来。我想，不对呀，谢宛儿不是还承担着看护金果的任务吗？我走了，金果交给谁呢？

但是金果的母亲来了。金果一看见她母亲的身影出现在病房窗外，看我的眼神就变得焦虑紧张起来，我知道那是催促我离开了。我像一只被魇住了的蟾蜍，拖着麻痹了的身子，慢慢地挪向门口，走了出去。

回到家，母亲听说我被谢宛儿喊着去探望了金果，长长地叹了一口气，没作任何评价。我不懂她何以没听我叙述详细过程，就发出那样的一声长叹。

# 第二十三章

事后我才慢慢意识到，当我跟金果执手凝噎，泪眼相望的那个瞬间，我把谢宛儿弄丢了。我再也没有机会把心中的笑话讲给她听，我再也没有机会嗅见她豌豆花一样的体香。她看见了我心中永远难消逝的那份感情，她跟我的关系又退回到原初的境地。

我再去找谢宛儿，来到她家。她刚洗了头，湿头发上扎了一条手绢，那样子很俏皮。可是我顾不得欣赏这些，心里想着她是不是在生我的气，我说："你怎么不声不响地走掉啦？"

"走掉不好吗？你还想要我看见什么？"

一听这话，我知道她真的生了不小的气。可是我错了吗？不是你把我叫去的吗？这么想着，我也有点恼了。

我坐在她家后院种着草药的花池子边上，心里乱糟糟的，不知道该怎么说，说什么才好。她家里没有人，四周很安静。她走到我的面前来，站在我的跟前。这是一个绝好的机会，假如我这时抬眼正视她，对着她的秀发，以及秀发上那个结成小兔耳朵的手绢，可着劲儿猛夸上一番，也许这事就过去了。可惜，我当时哪有这种经验。我只顾抱怨自己的委屈了，垂头丧气的，觉得做人真难。

谢宛儿开口了："你知道吗？你心里根本没有我。"

"何以见得？"我拿出辩论的口吻。

"什么何以见得！你在医院的表现还当我眼睛瞎了吗？"谢宛儿说。

"那不是你叫我去的吗？"我委屈地说。

"我叫你去安慰一下她，没叫你去跟她谈恋爱啊。"谢宛儿强词夺理。

"你说我谈恋爱，我就谈恋爱了？"我把眼睛瞪起来。

"不是谈恋爱是什么？你把她的手攥得那么紧，我看得都要哭了。"谢宛儿说。

"你怎么是这样？"我说。

"我哪样了？你把话说清楚，我哪样了？"谢宛儿激动地嚷嚷。

"好人也是你做，恶人也是你做。"我负气地把脸扭过一边，不看她。

过了好一会儿，我才听见谢宛儿说："你今天对我太残忍了。你知道吗？我洗了头，把这个漂亮的发结打好，你不来找我，我也要去找你。我都准备原谅你了。可是你来了，竟然是来指责我，来找我吵架的。你对我的新发式看都懒得看一眼，更不要说我所期待的夸奖了。想来我是太多情了。你敢说你心里有我吗？你就知道一个焦金果罢了。从一开始，你就冷落我，把我撇在了一边……"

谢宛儿这番话让我吃惊不小，简直无言以对。我想重温那个激情涌动的夜晚，重新把谢宛儿拥在怀里。可是谢宛儿抬起臂膀把我挡开了，她的力量之大，动作之快，使我生起羞愧之心。我向她的脸上瞟了一眼，她那曾经笑靥可人的脸庞如今冷冰冰的，目光虚着看向我的脑后某个地方，好像我在她的眼里是透明的空气似的。

"我能问你一个问题吗？杨光。"谢宛儿的声音听上去很空洞。

"当然。十个都行。"我巴结地说。

"你们，我是说你跟金果……"

"说呀？你想问什么？"

"你们——好过吗？"

"当然。"我脱口而出，心里完全意识到她真正想问什么，一种防卫心理使我故意装糊涂。

"我是说，那事。"

"我不明白。"

"你们睡过吗？"谢宛儿终于直言不讳地说。

这一瞬间，我的心里翻腾起无数往事，那些美好的，刻骨铭心的，令人魂牵梦绕的往事，一幕幕像快速回放的镜头在眼前闪过。虽然我们没有睡过，但是那些情景又岂是一个"睡"字可以比拟的呢？我的呆气又冒出来，觉得士可杀不可侮，如果我被迫向她交代我们"有"或"没有"，她相信与否倒在其次，我先成了被她审讯的嫌疑犯了。我鼻子里轻轻哼了一声，说："这个问题我不回答，可以吗？"

谢宛儿勃然大怒："原形毕露了吧？杨光。还说什么十个都行。你一个问题都不回答我。"

"如果你想知道这个问题，我觉得可以有更好的方法和渠道。这样子问，我接受不了。"我还想跟她狡辩。

谢宛儿说："杨光，我对你怎么样，你想想。也就是我，也就是我……"她激动得有些哽咽。

我也觉得谢宛儿为我付出太多了。可是，这并不是她可以控制我的理由，我把脖子梗着，不愿意向她低头。

又过了好一会儿，谢宛儿说："其实我在冒傻气。你们的事跟我有什么关系呢？你跟金果……今天我什么都看到了。你们说是不谈了，可是藕断丝连，从来就没有断。你们那种样子，让我除了祝福你们，还能有什么别的想法吗？"

"可是你知道，金果跟我已经不可能……"

"那也不表明，我跟你就可能……"

话说到这份儿上就接近真理了，我还能说什么呢？

谢宛儿的性格在我心中留下一个谜。她是豁达大度的，所以她主动邀请我去看望金果。她又是反复无常的，所以我总是难以预料她下一步会做出什么样的事情来。她为我和金果传递书信的时候，表现得非常有涵养有度量有担当。而她自己与我恋爱的时候，又显示出捉摸不透的小心眼儿，小脾性儿。

还是母亲看问题老道。事后我们母子闲聊，她说："你怎么能当着小谢的面向金果示好呢？你跟金果已经过去了，揭开新的一页了。人家喊你去看望金果，你就做个顺水人情顾个面子罢了。其实你不去更好，以你的性情处理不好那么复杂的局面的。你去了，而且还当真陷到戏里去了。你跟金果演成了那样，小谢的戏还怎么演呢？她这个主角成了观众，还有不走开的道理吗？"

看来问题终究出在我身上，而不是别人的毛病。

回船的时候，我满心巴望谢宛儿还能来码头上送我，但是——没有。事实上，我又经历了一场失恋。可怜的是，我这回连失恋的哀伤都不能有，因为那种情绪刚冒头，就被我强烈的自责和嘲笑顶了回去。我在心里恶狠狠地痛斥自己：怎么？你以为你还有资格跟谢宛儿恋爱吗？你也不撒泡尿照照自己，你以为你是谁啊？你这个傻瓜！

回想跟谢宛儿在一起的愉快时光，回味我们之间那些不可告人的小甜蜜，此时成了令我羞愧、赧颜、汗出如浆的一件事。好在回了船，有了空间距离。文艺美学上讲距离产生美，当现实的不堪变成一种被观照的事物，灼痛与不适的感觉减轻了，产生一种痛苦也享受的美感。

# 第二十四章

歌德老先生说："青年男子谁个不善钟情，妙龄女郎哪个不善怀春。"青春是一头关在笼中的狮子，如何走出烦闷无聊的陷阱，这是一个需要思索的问题。

谢宛儿不给我来信，我也一直没有单方面去打扰她。锚泊中，我站在舷窗前，默默地倾听江水汩汩流动的声音。舷窗里半轮明月是那样朦胧，朦胧而迷人，撩人心魂，令人想起少女脸上瑰丽的光辉。岸上有一个女子在唱歌，远远地听不清唱什么，只是风儿悄然把一两句乐音隐约传来。陡然想起自己纠缠不清进退两难的恋情，我的心像被流矢击中一般，淌出殷红的血来，浸透了这一个平淡无奇的湛蓝色的夜晚。

我操起那把"红棉"牌吉他，在夜色中来到船艏甲板上。

船艏甲板顶端有一盏白色桅灯，桅灯下挑着一个黑色锚球，值班水手忘了在日落之后把它放下来了。锚球是竹子编制的，空心，表面用漆涂黑，有篮球大小，在桅灯淡淡的白光下显得奇怪而突兀，令人想起古代被敌人枭首后挂在城头的首级。我坐在桅灯投下的一小圈光亮中，背靠着桅杆，胡乱在吉他上敲着，歌声从我的胸腔发出，伴着吉他的节奏在船头上飘起来：

当我独自离开哈瓦那海港，

没人看见我多么悲伤，

只有那美丽的姑娘，

她伤心地紧紧靠在我身旁。

假如有鸽子飞到你窗前，

我请你亲切地迎接它像对我一样。

请你把心中的爱情对它讲，

也请你把那花环给它戴上，

美丽的姑娘啊，

我那亲爱的姑娘，

快快来到我生活的地方，

来到我身旁。

船头上很安静。船员们都在船舱里看电视，整个世界除了徐徐吹来的风，再没有谁来认识我。我一亮开嗓子，原先那个忽隐忽现的女声就消失了。岸上稀疏的灯火掩映在茂密的绿树丛中，广袤的江水落入无边的黑暗。

这天晚上，我在白色的桅灯下唱了很多首歌。有普希金的《我曾爱过你》，有舒伯特的《野玫瑰》，有科特劳的《桑塔·露琪亚》，还有威尔第的《夏日泛舟在海上》。它们全是我从《外国名歌 201 首》或《外国名歌》（1-3 册）里自学来的。

天空中飘着浮云。月亮露出半边脸来，染黄周围败絮般的云朵。云朵好像一张棉花做的破渔网，遮不住天空的海，这里那里露出青幽幽的破洞。一颗星星，从破洞里向船上的人们闪着媚眼，又像打瞌睡一般眨呀眨，慢慢地被浮云哄骗了去。另一颗更亮的星星，钉在薄纱般的云霭里，宛如一颗钻石璀璨夺目。烟色的云霭没有把它掩去，反而更加衬托出它的银白色光芒。

谢宛儿，就是那颗更亮的星星，在我的心海里闪烁……

第二天，曹志高对我说："想不到你的嗓子真的蛮好。昨晚上，我们都听见了。"

我还是头一次听见有人恭维我的嗓子，虽然我早就知道这一点，但我从来没有拿它当回事。曹志高继续说："你要是考上一所音乐学院就好了。我要是考上一所外国语学院就好了。咱们都能按照自己喜欢的样子发展自己就好了。"

我说："是呀，马军要是能够调回家去就好了。"

曹志高奇怪地说："喊，你这是什么话，调动的事也能算作理想吗？"

我说："当然算了，一个人数年如一日，坚持要完成一件事，慢慢地就成了他的理想。"

曹志高说："对了，前两天我又见到马军了。他在东九为调动的事找领导，接收单位又发来调档函了。不知道领导这回放不放他。"

我说："马军调动的事情搞了这么久，都有点焦头烂额了。但愿这一次他能调动成功吧。"

曹志高忽然有点神秘地说："哎，我告诉你一件事，你千万不要声张。"

我说："你说吧，我听着。"

曹志高有点羞涩地说："我有可能调到岸上去。"

我非常惊讶，想想又觉得这是迟早的事。曹志高对人热情是有名的。船队领导到船上来，曹志高总能找到表现自己的机会。有时候是一杯茶，有时候是一支烟，更多的时候是主动的攀谈，恰到好处的恭维。他的工作也是没法挑剔的，他把图老轨的"手持棉纱团，走到哪擦到哪"的精神都学来了。像这样的青年被上级领导看中，实属理所当然。我说："到哪个部门去，定了吗？"

曹志高说："还没有，只是左政委给我透了点风。唉，他干吗要给我透这个风呢？是不是我没有进贡他呀？"

这个话题对我来说太艰深了，他所说的我搞不懂。但我看出曹志高为了调到岸上去花费了不少心思。为什么左拐子给他透风,他反而不喜呢?答案也许是他还有别的消息来源。他给别的什么人进过贡吧?那会是谁呢?一定比左拐子更为有力。我想起上次林队长来我们船搞摸底调查,从交通艇上跨越船档的时候险些掉进江里,多亏曹志高扶了林队长一把。我说:"林队长不是对你不错吗?你只要把林队长搞好了,其他人难为不了你。"

曹志高说:"小心无大错。左拐子那边也不能得罪了。"

我看出曹志高已经拿定了主意,就没有吱声。

曹志高搂着我的肩膀,说:"杨光,你是我最铁的哥们儿。这事我对你说了,你可不要对别人讲啊。"

我说:"放心吧,哥们儿。我巴不得你好了,拉兄弟一把。"

曹志高笑了,把我的肩膀搂得更紧了。

收到谢宛儿的来信,已到了最后关头。

她的信是9月1日寄出的,我9月8日才收到。信中说,她已经决定出国。自从我休假离开后她就一直忙这个事。她在南洋的姑妈为她办好了所有的必要手续,连机票都订好了,9月9日在上海虹桥机场起飞。

这就是说,当我看到信的时候,再过二十几个小时,谢宛儿就要飞出国境,相见不知何年了。

我本希望由时间来弥补创伤,换取我们重新开始的可能。可是,没想到她竟做出这么一个决绝的行动。她的选择完全打乱了我的方寸,让我五内俱焚,一时茫然无措。

我再一次呆呆地看信,看见她说:"本来没准备给你写信,打算默默地走掉。整理杂物时,翻检与你的书信,感觉你是一个纯粹的人,才决定还是通知你一下。不管怎么说,你爱金果,只能说明你真情不移,证明你有高尚的人格。我有什么权利责怪你呢?我愿意看到你在任何时候都不要背叛自己。"

看到这样的话语我只有苦笑，我要是再爱一次就是背叛了自己吗？我在心中凝视着谢宛儿的面影，大声地抗辩。可是，没用。谢宛儿在我心里倏忽就没影了。我只有埋下头去，继续看信："你曾是我心中的一盏灯，我去了南洋，这盏灯不是灭了，而是亮在我的梦里了。"

看到这里，我心大恸。此时，我离东九传达室那个发信的小窗口尚不足十米远。我发了狂地冲下东九，急忙去赶那班引擎已经发动的交通车，我要进城，我要去上海，我要去送谢宛儿，我要再见她一面。

交通车开出的时候，我从窗口探出头来，对休假回船的王龙干说："代我跟大副说一声，请一个航次的假，算工休，算事假，算旷工，随便！"

我不知道去了上海能不能见着谢宛儿，我甚至不知道她乘坐的是哪一个航班，去到哪一个国家，可我一定要去，不去我连今天这个夜晚都过不去。

到了南京，天已经黑了。在火车站买了去上海的车票，没有座位，我一路站了五六个小时到达上海。在车上就打听好下了火车去虹桥机场怎么走，经过一夜奔波，终于在天蒙蒙亮的时候走进了虹桥机场的候机楼。

因为不知道具体信息，我只有在机场守候，凡去新加坡、泰国、马来西亚、印尼等国的航班都要小心留意。我等了一个上午，谢宛儿也没有出现。出去吃了一个热狗回来，在排队等候安检的人流里我忽然发现了她。

啊，谢宛儿！

谢宛儿拖着一只拉杆箱，梳着一个马尾辫，她的身材苗条，臀部丰腴，从后面看不见她的表情，我想她的脸上一定写满了落寞和孤寂。

谢宛儿秃顶的父亲前来送行。他很体贴地为女儿背着一个大包，谢宛儿要拿过来自己背，做父亲的不让，哪怕多替女儿背一分钟也是好的啊。

我这时出奇地冷静下来，慢慢地走上前去。在她的后面轻轻地叫了一声："谢宛儿。"

谢宛儿转过身来，瞪大了惊讶的眼睛。她似乎不相信眼前的一幕是真的。张开的小嘴好长时间合不拢，半天才说："杨光，是你吗？"

我说："宛儿，是我，我来了。"

谢宛儿的父亲说："你们的船到上海了吗？"

我说："是的，谢叔叔，正好船在上海，我就赶来了。"

谢宛儿的父亲把背着的大包交给我。说："哦，那你替我背一下，我要上厕所。"

这个善解人意的父亲把大包交到我手上，转身离开了。

我说："宛儿，能不能不要走？"

谢宛儿说："杨光，你要是早跟我这么说，认真地说，用你现在送我这样的热情说，我一定不走。"

我说："现在，我们从头开始。"

谢宛儿摇了摇头说："太迟了。再说，金果那边，我知道你还是放不下。我又怎么忍心要你放下呢？"

我的眼泪在眼眶里直打转，强忍着不让它们落下来。我说："宛儿，我知道我没有资格说我爱你。你要走，我也不敢强留。这个东西你带好，你就像它一样长驻在我心里。"

说着，我取下头上的大檐帽，从上面抠下那枚铁锚造型的帽徽，把它交到谢宛儿的手中。

谢宛儿一时失去控制，热泪夺眶而出，她一下子扑进我的怀里，小拳头轻轻地捣着我的胸口："杨光啊杨光，你为什么不首先选择我？"

我的眼泪无声地淌满脸颊，沾染上谢宛儿的头发。

排队安检的人们对这一幕并不奇怪，心安理得地从我们身后绕到前边去了。

谢宛儿慢慢止住了抽泣，离开我的怀抱，低下头来解开领扣，从最里面掏出了母亲送她的那个银兔小挂件。

"这是我戴过的，你就留个纪念吧。"谢宛儿解下它来递到我的手上。

我接过还带有她的体温的那枚小银兔子，心里再次漫过感伤的潮水。母

亲送她的东西，我竟让它又回到了我的手里。

"代我向妈妈问好！"谢宛儿轻声说。那两个字在她的嘴里特别珍惜，使我领会到她是打算永远这么叫的，而今后没有机会了。

"能告诉我吗？你去哪个国家？哪座城市？"我还想保留追溯的机会。

"干吗？告诉你了我还有必要走吗？既然走了，告诉你又有什么用？记住，谢宛儿已经死了。过去那个谢宛儿不存在了。"

听到这话，泪水再一次滑过我的脸颊。谢宛儿的嘴贴在我的脸上，像小鱼亲吻荷茎那样嗫干了那串泪珠，她喃喃地说："就让我最后一次亲亲你吧，哥哥。你的泪好苦，滴在妹妹心里却是甜的。"

既是甜的，为何还要走？你知道我的苦，为何还要折磨我？我的内心有一千个声音这样嘶喊，但是我发不出声来。我无法理解这个小魔女一样的谢宛儿，她那美丽的小脑袋里到底藏着一个什么样的逻辑程序啊，做出这些令我永远猜不出奥秘的举措。

谢宛儿的父亲回来了。我们努力控制着恢复了平静状态。

等候安检的人已经不多，接下来就轮到谢宛儿了。我们两个大男人默默地目送着一个弱女子向安检台出示自己的证件和机票，挎着大包，拖着拉杆箱消失在安检口。

剩下我和谢爸爸，对视片刻，一脸落寞，都像失了魂儿的人一样。我们轻轻说了一声再见，就在机场的人流里走散了。

# 第二十五章

我在上海十六铺码头买了船票，追到安庆，回到长江 2057 号。

一路上，我心里忐忑不安。为了送谢宛儿，我在没有得到批准的情况下擅离职守，少不了又要挨一顿训，也许还有更严厉的处罚。

上了船感觉气氛不对，没有人关心我的去来。稍一打听，才知道我不在的这几天，船上出了一件轰动的大事，正闹得不可开交。我这点屁大的小事根本夹不上筷子。

事情传得沸沸扬扬，其实说来也简单。原来，郑二副与邹月英在船舱里通奸，被木匠万波捉了现行。郑二副一怒之下打了万波一记耳光。万波当然不肯善罢甘休，闹得满城风雨。这事到我回船还在进行时，不知道上面会怎么处理。

木匠万波最瞧不起这个郑二副。我曾听他背地里骂郑二副："这鸟玩意儿，脱了裤子捂着 ×，假正经！"

从我对郑二副的观感来看，他本质上就是一个虚头巴脑的淫棍，连假正经都算不上。他曾兴致勃勃地跟船员们吹嘘他的嫖娼见闻，传授打野鸡的暗号是"铺板多少钱？"又说长江上有一个"婊子洲"，洲上人家"笑贫不笑娼"。所以，江上有句俗话：船到婊子洲，无风也扎锚。扎锚干什么？找锚眼！

邹月英跟郑二副值一个班，他们之间的那点猫腻其实早就被众人看在眼里。郑二副给邹月英买皮鞋、买裙子，这些都被爱管闲事的万波等人了解得清清楚楚。万波说："郑二副为什么给邹月英买东西？他有老婆孩子，邹月英跟他好什么结果也没有，不就是图他的钱嘛。邹月英这个婊子还不如牛丽萍呢。"

郑二副和邹月英奸情次数既多，胆子也越发大了。他们自以为把门锁死就万无一失，没想到船上所有的门锁都是木匠万波装的。木匠万波几乎掌握全船任何一扇门上的钥匙。

当两个人肆无忌惮地又一次行奸做爱时，已经盯了很久的木匠万波妒火中烧，他拿一把准备好的钥匙捅开了房门，一下子出现在两个赤身裸体的男女面前。他的心里乐开了花，比自己干了邹月英还爽。

郑二副也不是吃素的，他跳起来，挂着那副吊儿郎当的东西，扬手就给哧哧淫笑的万波一个响亮的耳光。

趁着两个人抓闹的间隙，赤身裸体的邹月英急忙穿上衣服溜走了。

这事愈闹愈大，在船上摆不平。闹到船队去了。

船队汇总各船反映上来的情况，凡是有女船员的船上俱不太平。光是一个长江 2057 号，因为女船员就先后发生了拼酒拼到玩命，打架打到光屁股，这样子下去怎么得了？

结果，船队经过慎重研究决定，所有女船员一律撤离船上这个"水和尚"的世袭领地，上岸另行安排工作。可怜邹月英已经报考了河船驾驶证书，眼看就能当上三副，以后二副大副地干上去，将来成为长江上第一位女船长也说不定呢。

牛丽萍倒是走得欢天喜地。她已经得知安排她去"海员公寓"当服务员，每天叠叠被子扫扫地，再也不用东跑西颠的了。她这一走，毛红光的结婚保证也就失效了。但是牛丽萍说了："死了张屠户，不吃连毛猪。上了岸，老娘找个比毛红光更好的叫他看看。"

牛丽萍的嘴在船上练得这样泼辣，要找到温文尔雅的东床佳婿恐怕也难。世事难料，谁知道呢？

船到九江，我又碰到了马军的驳船。

我以为马军不在船上了，因为上次在东九碰见他，他已经在船队请求把档案发往接收单位，此时应该已经调动成功了吧？我有枣没枣打一竿子，就当是练嗓子，站在船尾朝靠泊在下一个泊位上的驳船喊了一声："马军——"

没想到马军还真的出来了。"马脸"如今真是名副其实一张马脸，脸长得好像挂到了胸脯上，头发又长又乱，向上参着，好像奔放的马鬃一样。他一定是睡过了头，一副瞌睡蒙眬的样子，过去的帅劲儿再也找不到一丝一毫。

"我靠，马脸，你还没走哇。"我惊讶地说。

"去你 × 的。我上哪走！"马军粗鲁地骂道。

他那种浑不吝的样子令我大吃一惊。如果因为我骂了他，他回骂我也公平。但是谁都能听得出"我靠"表现的是一种亲热之情，而"去你 × 的"却太伤人了。但是"我上哪走！"一句，让我判断马军的调动可能又出了问题，他的恼火绝不是冲我来的。

曹志高听见我喊"马军"，也出来了。他站在我身边热情地向马军说："喂，马军，咱们上岸喝酒去。"

马军说："我不去。"

曹志高说："怎么啦？"

马军说："没劲。"

我说："没劲更要喝酒啦。走吧，哥们儿。"

我们三人在九江一家临湖的餐厅占了一个窗边的好座位，要了啤酒和菜。马军的态度沮丧，他几乎是被我们生拉硬拽来的。我们已经从马军的口气里知道，确实是调动出了问题。曹志高向我眨了眨眼睛，示意不要问他具体问题，只管喝酒。

这样子喝了一阵子闷酒。马军终于憋不住了，喝着喝着竟伏案痛哭起来。

曹志高轻轻地抚着他的背，说："好了，好了。兄弟，有什么苦水倒出来吧。"

马军抬起血红的眼睛，问："你知道为什么吗？啊？为什么？"

曹志高问："是不是船队不放你啊？"

马军摇了摇头。

"这么说，档案已经调回去了？"我说。

马军把头点点。

我心想，那你还哭什么？但是曹志高示意我别吱声，只管让他想说就说。

曹志高举起酒杯说："喝酒，喝酒。"

马军一仰脖子把一杯啤酒喝干，头扭向窗外，盯着那面阔大的湖水，眼睛里有一种瓷一样呆滞的白光。过了好一会儿，才听见他木讷的声音好像从梦中传来："他们看了我的档案，他们说我被拘留过，有污点。档案被退回来了。"

哦，原来是这个原因。难怪马军这样绝望。

喝着酒，我和曹志高轮番劝慰了马军一气。想不出更好的话来，只是那些别灰心，要振作之类的废话，对马军的心病隔靴搔痒，完全没有作用。

酒喝到后来，马军似乎喝"透"了，变得轻松了，他用拳头捶着曹志高，又捶着我，说："别担心我，兄弟。我死不了。我还要好好活。他 × 的，好好享受一下这人生。"


从九江下来，船到南京，一纸调令发到船上，曹志高调到公司机关去了。

其实当我们和马军一道喝酒的时候，曹志高已经知道再过几天，他就要离开水上生活环境了。但是他没有当即告诉我们，为的是避免我们感到失落，喝不好酒，对马军刺激更大。这是他做人的艺术。

那天他坚持由他买单，却不肯说出理由，我就猜到他已经得到上调的消息了。我想，曹志高确实比我们成熟多了。

我帮曹志高拎着行李，把他送到东九的交通车上。我把行李一直送上了车，在行李架上放好。下车的时候，曹志高跟着我又下来了。他像我们第一次见面时那样狠狠地拥抱了我，说："伙计，有空进城就到团委来找我。"

我的眼眶有点湿润，紧紧地握着他的手，说："兄弟，一路好走。"

曹志高说："你也是。一个人在船上，不要太固执，不要太犟，吃脾气亏。"

我点点头，转身朝停泊在岸边的东九走去。上了栈桥，我回过头来，发现曹志高还站在等待出发的车门旁。他看见我转身，便朝我使劲地挥手，我也摇了摇手。

转过身去，独自走在栈桥上，想到今后就剩我一个人还在那条孤苦伶仃的船上打拼，泪水悄悄地滑过我的脸庞。

# 第二十六章

船到安庆，码头上有一个悲惨的消息等着我。

听趸船水手说：有一个船员在安庆的一条小巷里上吊自杀了。上吊的地点比较诡秘，在小巷中的女厕所里。用的是自己的皮带，吊得并不高，脚尖跷起来就能够着地。这点高度理论上是无法自缢身亡的。除非他自己打定主意要死，放松肌肉往下瘫。

关于他为什么死亡，人们给出了许多种说法。比较流行一点的是：这名船员兴冲冲地跑去找暗娼，办完了事却觉得索然寡味，也许还被敲诈了钱财。他本以为是一件找乐的事，到头来发现一点儿意思也没有。反过来一想，倒是自己的处男身被一个暗娼玩了。这样一想，就活得腻歪了。

还有一种解释，说这名船员想以某种奇异的方式寻求快乐，他用自己的皮带勒住了脖子，解下裤子自渎，却不慎发生了意外。但是这种说法并不足以说明他何以要跑那么远，到安庆老街的一条僻静小巷里去干这事。也许还是宿娼感到人生幻灭的推理比较说得通。

谁知道呢？世间的事，有许多谜团是无法找到真相的。当我打算走开，不再参与这件事的讨论，却听到了有关死者身份的更详细的信息——

死者的年龄刚刚二十出头。

死者生前是驳船上的水手。

死者是一名河校毕业生。

死者的个子较高，脸较长。

死者的名字叫——马军！

有一段时间，我趁船泊东九的机会经常到栖霞寺去。

栖霞寺是一个宽敞宏大的寺庙。山门前一段石碴子路被浓荫遮蔽，既宽且直，中央略略鼓起。道路两旁的商铺掩映在粗壮的法国梧桐树干后面，在没有庙会的日子里显得有些冷清。进了山门，拐过一个爬满藤蔓植物的照壁，豁然可见一片空旷平整的草地，草地的尽头是傍山而建的庙宇。

庙宇的大殿巍峨耸立，明黄色的琉璃瓦给人一种庄严尊贵的感觉。紧闭的庙门上拳头般大的铜钉紧密排列着，威武雄壮。寺庙后的山岩上有许多石刻佛龛，雕像多不完整，有一种劫后余生的气象。

寺庙左侧，有一个小桥逶迤、假山湖石的花园。池塘里养了荷花、睡莲，有红色锦鲤出入其间。岸边数支垂柳，一朵朵绿云般的树头，下垂的柳丝把夕阳的光线梳理得均匀细密。我看见一个中年和尚坐在一块湖石旁读一本线装的黄色经卷。我好奇地凑上前去，借问师傅读的是什么经？能否让我看看？

那位中年和尚十分严肃地摇了摇头，合上书页，亮出黄色的封底。那封底上印着两行小字，与和尚嘴里说出来的话正好一致，是："未经师许，不得擅观。"我陡然受了大震惊，想不到世间竟有一种学问是那样玄妙深奥，我们甚至还不够资格去接触它。

我去的次数多了，认识了一个叫静根的小和尚。他只有十八岁，剃了光头，尤其显得眉清目秀的。在佛学院里学习的小和尚据说有200多人，多数小和尚长相奇怪，分明有一种沧桑感，静根小和尚却模样周正，面目姣好有

如年轻的唐僧，看不出受过什么挫折和磨难。我实在不能理解这么小的年纪，怎么会选择出家。我把这个问题提出来，静根回答："我家里有人信佛。我从小就信……"

我想起人们口头流传的所谓花和尚，好奇地问："当和尚可以结婚吗？有人说现在和尚也可以结婚的？"

静根严肃地说："不可以。"

我又问："要是想结婚了，怎么办？"

静根笑道："不会的。真有人要结婚，可以还俗。"

夏日的晚风在花园里播散着阵阵花香。一只红辣椒蜻蜓在池塘上翩翩飞舞，停在荷叶还包得紧紧的青绿色尖角上，竖着尾巴，神气活现地扭动着小脑袋。栖霞镇上的小青年成双结对地出来纳凉了，女的穿着刚刚流行起来的连衣裙，男的穿着剪裁合体的瘦身尖领衬衫，他们流连徜徉在栖霞寺的花园里。

我再一次考问静根小和尚："看见这些红男绿女，成双成对的，你不羡慕吗？"

静根的回答令我印象深刻，他说："你们在家人有尘世的快乐。我们出家人也有出家人才能感受到的幸福，这一点你们在家人是体会不到的。"

为了让我有所领悟他所说的幸福，静根小和尚教我如何打坐，调理呼吸。他要我在内心烦躁的时候，放弃一切思虑，专诚念诵"南无阿弥陀佛"。他还赠送我一本《印光大师法语》，让我闲暇时阅读。

我在打坐练习中，有一次感觉到心境如水一样清澈，脑海里一片纯净光明，好像太阳在波光粼粼的海面激起一片美丽耀眼的光斑，心里涌过一波喜悦的浪潮。当时，我坐在床上，仿佛一个苦海中挣扎的人坐上了小船，嘴里衔着一口蜜糖一样。

我又去栖霞寺，想要跟静根小和尚谈谈我的体会。却听说他们这一期佛学院学生已经毕业了。打坐中那种奇妙的感受得而复失，我常常盘坐得两腿酸痛无比，却再也找不到那一瞬间的出神入化。什么叫凡夫俗子，像我这样总是有这样那样追求的人就叫凡夫俗子吧？当我祈求打坐的快乐时，那种快乐就再也不来了。

相比之下，还是尘世的快乐容易找寻。我又到栖霞寺去，在镇上买了半只南京桂花鸭，腋下夹了一瓶啤酒，来到寺庙前的草坪上，挨近一棵大树坐下，用牙齿咬开瓶盖，双手撕开美味可口的桂花鸭，示威般地席地大嚼。

当我这般享受的时候，心里想的是"内盛屎尿，外染粪秽"——佛学大师们对桂花鸭一类食物的评价。起先当我饥肠辘辘的时候，大师语录丝毫不能减弱桂花鸭的美味程度。只是吃到酒足厌饱，观念上的意识形态才慢慢显示出它的钝性的力量，让我觉得美味打了很大的折扣。

我打一个酒嗝，举目向四周张望，看见有三四个女孩子在距离不远的另一株树下围坐着，她们对我的存在好奇地探头探脑地张望。我有一种想要放纵一下自己的欲望，便大声地唱起歌来：

> 阿妹阿妹几时办嫁妆，
> 我急得快发狂，
> 今天今天你要老实讲，
> 我是否有希望。

晚风中是否有浓烈的男性荷尔蒙分泌过剩的气味？我不知道。那几个女孩子嘻嘻哈哈地笑着，忽然有一个人大声发问："喂，你是干啥的？"

"俺是拉青条的。"

"什么叫拉青条啊？"

"不懂了吧？要不要大哥教你们呀？"

我告诉她们说，拉青条的就是水手。当然，我欺骗她们，她们也不明白。我们说笑了好一阵子。看看天已擦黑，女孩子们纷纷站起来，向寺院大门

口走去，我跟在她们身后，开始还隔着不远，出了大门，她们就加快脚步，与我拉开距离。我意识到她们有意躲我，这使我的自尊心受到打击，脚下便松了劲。看见她们渐渐远去，我高声唱着最后一支歌，作为送给她们的分别礼物。

从栖霞镇出来，拐上那条通往江边的煤渣路。一阵江风迎面吹来，吹散了我的酒气。我知道，一艘船在海里航行久了，船壳往往会附着一些黏糊糊的海洋寄生物。我也沾染了不少水手们的不良习气吧？我暗自反省，有一种焦虑在心头。我的船啊，你究竟要将我载向何方？

# 第二十七章

生活有时候就像一潭发绿的死水，它要把人活活吞掉，无论你努力也罢，颓废也罢，折腾来折腾去，不曾荡起一丝涟漪，不会留下任何回响。

天气凉了，大江上下一派肃杀的秋意。黄昏时分，天空逐渐阴暗，风吹在脸上仿佛有鞭子抽着。我站在天篷下的甲板上，头发乱蓬蓬地飞动，感觉好像无数逆水游动的鱼苗。想到所有努力的结果，便是什么结果也没有。心里比这晚秋的天气更加寥落。

我的文学梦已经做了很久了。就像一只作茧的蚕，梦想着有化蝶的一天。可是直到目前为止，没有一点儿破茧而出的意思。虽然我投了无数次稿，那些稿纸飘起来差不多可以化作一场纷纷扬扬的大雪了，足以营造一个冬天了（雪莱说，冬天来了，春天还会远吗？），我却还没看到春的消息。

这天，我凌晨三点半起床值锚更。所谓值锚更，就是当船在江心抛锚时值班，充当守夜人角色。其主要任务是警惕不要走锚。走锚的船在江中游动，那是危险的。我在驾驶台上看好两岸稀疏的灯火作为参照物，过一段时间检查一下相对位置有没有改变，就可以知道船是否走锚了。

雾在江面生成，有大团大团的湿气翻滚着碰脸，像揭开了蒸笼似的。桅

杆上的探照灯好像昏花老眼，晕出一团朦胧的黄色光雾，显得凄迷愁惨。一颗水珠挂在船舷的栏杆下，反射着晶莹的光辉，令人诧异为什么单单它这样出众……

我坐在驾驶台上的高脚椅里，椅子面很高，搭脚的横木离地面还有一尺之遥。因为脚挨不着地，有一种悬在半空中没有着落的感觉。过去，每当我独自值锚更，总有许多好的想法。现在，那些好的想法不知上哪儿去了，我觉得思维有点儿枯竭，我这么快就老了吗？

我正想着心思，忽然，黑乎乎的舷窗上贴上来一张白生生的脸，鼻头挤得扁平，两只手扒着玻璃像脸上长出两只巨大无比的耳朵。我吓了一跳，定睛看去，原来是老枪。

"老枪，你怎么还没睡呀？"我问。

"面条，面条下好了。"老枪在窗外招呼我。

水手们下面条，喜欢熬一汪油，趁热浇在刚刚捞起的面条上，"滋啦"一响，香气四溢。用来充饥的时候，那是无与伦比的美食。老枪下了面条，喊我跟他到餐厅里去吃面条。

我走出驾驶台，对老枪说："嘿，我当是江里爬上来的怪物呢！黑乎乎地冒出来一张脸。"

老枪说："你心想，要是一个女妖就好了吧？"

"那倒是不假啊！"我笑道。

我跟着老枪走进餐厅，夸张地嗅着鼻子，说："面条下得挺香嘛！炸的麻油？"

"菜油。菜油煎得好，也是很香的。"

我对老枪下了班，不急着去睡觉，在这儿磨磨蹭蹭地下面条表示不理解。老枪说："睡不着呗！"

我说："想老婆啦？"

老枪说："想还不是白想。"

我们面对面坐下来。吃着面条，他开始唠唠叨叨地叙说他的过去，说他受过的苦，说他的不如意，说他对老婆的不放心……基本上是老枪一个人说，我只用当好倾听者的角色。最后，老枪对我感喟道："我想不透活着到底有什么意思？吃饭、当班、睡觉，怎么也快活不起来！你能给我解答这个问题吗？活着到底有什么意义呢？"

我再一次想起那个"美是生活"的命题，我想车尔尼雪夫斯基在场的话，该怎么回答老枪的这个问题呢？反正我是没有本事回答老枪这么尖锐的质询。于是我装着没听见，把头扭了过去。

从舷窗看出去，南方的天上一字儿排着三颗星，自右及左大、中、小，等距，匀称，很有规律和秩序的样子。在这繁星如麻的天际，它们显得有一点儿特别。在最小的那颗星后面，似乎还有第四颗更小的星，也是等距，匀称，似乎想要加入这一支精神抖擞的队伍。我瞪大眼睛想要确定那第四颗小星的存在，但是目力有限，看不分明，不知道它是我的眼睛里冒出的星花儿，还是实际上存在的天体，只不过较小罢了。

我们默默地坐了一会儿，老枪忽然说："昨天下午到东九去，看到有你的信，好像是报社寄来的。写的什么呀？"

"没有呀？什么报社？"我的脑筋刹那间好像电线短路了。

"木匠万波没有给你吗？他一块儿带回来的，好像信封底边印着长江航运报几个字的。"

"有这样的事？"

我的心狂跳起来，猜想报社能给我寄来什么。一般来说，只有杂志社才退稿，报社是不退稿的。我给报社投寄的散文和小小说，总是石沉大海，杳无音信，从来没有发表过一个字，也没有退稿信，难道……在这个长夜即将逝去，黎明就要到来的时刻，我忽然有一种预感：这一回命运将要对我露出笑颜。

可是，这个万恶的木匠万波，他为什么没有把信给我呢？

老枪知道我还没有拿到信，宽慰我说，可能他忘记了吧？明天，明天早晨你找他要。说完，他站起来要去睡觉了。而我几乎难以等待到天明。我的脑筋飞快地转动起来，回想我给报社寄出过什么样的稿件，哪一篇有可能成为编辑垂青的宠儿。

天，终于蒙蒙亮了。我敲开木匠万波的舱门，问有没有我的信件？

木匠万波光着多毛的腿，对我叫醒他很不满，嘟嘟囔囔地说："唔唔，是的，在桌上。"

我朝桌上看去，看见我的那封宝贵的信被压在他的破裤子、臭袜子下面。我拾起我的信，没有跟他多废话，转身来到甲板的天篷下。撕开信封，我看见一张折叠起来的报纸。展开报纸，在四版的右下角，赫然看见了"杨光"这个名字和属于他的那篇小小说。那正是我给这家报纸寄出的许多小小说中的一篇。

刹那间，涌上心头的与其说是喜悦，不如说是难过。我的心有一种被揪痛的感觉。为了这样一种结果，我一天天积攒起多么浓郁的毒素般的潜能啊，如果它们不能使我浮上海面，势必将我吞没。事实上，这种努力已经毒害了我的日常生活，使我不能像一个正常人那样融入周围环境。我在船上处境糟糕，很大一部分原因是我热爱上了这种令人痴迷的事业。我付出那么多，却一直没有得到回报，收获的只是由此带来的讽刺和打击。

交了班，我倒在床上打算睡个回笼觉，发现手里还捏着那张报纸。我侧身躺着，攥着报纸的双手捧在胸前，微微地有些颤抖。我的心在抽搐。非常意外地，我感觉到自己在哭，我的喉咙没有发出声音，我的眼睛没有流出泪水，可是我的脸扭曲了，我的嘴咧开了，我的心在流泪……

一篇不起眼的小小豆腐块儿文章，竟然在一名小水手心中引起如此巨大的反应，究竟是令人好笑呢，还是感动？

幸运之门一旦打开，美轮美奂的景象接踵而至。

第一篇发表在报纸上的小小说好像交响乐序曲小号，小号之后随之而来的是大提琴奏鸣。《海员文艺》这个我心目中的文学圣殿也张开了它的怀抱。我的一万余字的短篇小说《野鸭滩》在它上面发表了。像梦一般，那只曾经令我魂牵梦绕的金野鸭从我笔下的沙洲滩涂上起飞，飞到了我所景仰的地方。

天空出现了日环食奇观。白花花的日头中间出现了青黑色的一轮，好像一只奇怪的眼睛。我以"日环食"为题写了一首小诗：

> 上帝在向人类翻出白眼
>
> 许久之后，终于
>
> 转出他的黑眼珠子
>
> 向地球瞥了一眼。

曹志高通过东九传达室，给我捎来热情洋溢的信，随信附带了另外一张《长江航运报》。报纸被他用红墨水醒目地框出一首较长的诗来，诗的标题：《水手》，作者：杨光。曹志高在信中非常赞赏这首诗，声称要在海员公寓的青年诗歌朗诵会上朗诵它。

现在，他已坐稳了公司团委干事的位子，在办公室有一把自己的交椅，而且混得有模有样，初步显露出上升势头。他在信中诚挚地邀请我到他那儿做客。说我进城的话，不妨去找他，夜晚我可以住在他的宿舍。"还记得我俩刚上船时，在宝善街斩鸭子吃得满嘴流油吗？"他在信中煽情地写道。这句话使我心里热乎乎的。我像吃伤了榨菜咸菜渴望荤腥那样，渴望曹志高温暖如春的友情。

船到南京我便上岸，坐东九的交通车，进城去了。

# 第二十八章


20世纪80年代早期，南京城中心的鼓楼看上去还是一座比较高的建筑。从鼓楼往下关方向的中山路上，有三处留在记忆中的店面：一处是门额上写有阿拉伯文字的清真饭店，旁边是豪华气派的"大华"电影院，再旁边是一扇小门直接通往二楼的"胜利"西餐厅。

我和曹志高来到鼓楼，走进"胜利"，坐在铺着台布的西餐桌前享用了一顿西式快餐。这地方，我和金果曾经来过，那顿饭给我留下了美妙的印象。我愿意与曹志高这样的老朋友再来一次，一起享用一顿，彼此祝贺一下。

那个脖子里扎着绿蝴蝶结的青年侍者，我还认识他，他却不记得我。托盘里盛着我们的食物，还是小豌豆蘑菇炖鸡盅，鸡汤上面漂了一层绿豌豆。鸡汤鲜、豌豆嫩、蘑菇肥，真是难得品尝的美味。我和曹志高一人一份。这顿西餐让我又想起了金果。

想起金果，我已经没有什么伤感的情绪了，就像想起一个儿时的伙伴一样。我知道我已经彻底走出了金果给我造成的失恋阴影，有关她的任何消息都不足以令我牵肠挂肚了。

晚上，我和曹志高在街头的夜市上溜达。路上的街灯刚刚开启时，好像害羞似的发出微红的光芒，不太亮，等到天完全黑透，它们大放光明，好像越跑劲头越足的明星运动员，让人体会到华灯初上的感觉了。

夫子庙是一个繁华热闹的地方，沿秦淮河摆着很多小吃摊点。最多的还是卖鸭血汤的。我们走到这里已经饿了，又被鸭血汤摊子上雪亮的汽灯吸引，就走到一个摊子跟前去。

曹志高高声叫道："老板，来两碗鸭血汤，多放鸭肠。"不一会儿，两碗热气腾腾的飘着葱花香味的鸭血汤端了上来。鸭血红旺鲜嫩，滑而不腻，到嘴里只一抿就碎裂出一股清香。鸭肠薄而韧，嚼在嘴里有劲道。我还是头一回知道鸭血汤里是放鸭肠的，于是对曹志高的那一句"多放鸭肠"佩服得很。

吃完鸭血汤，我们返回下关，已是深夜 11 点多了。曹志高怕回宿舍闹醒室友，说他的办公室里有一张行军床，可以供我俩过夜。这是一张钢丝弹簧制成的折叠床，我们把它抵在墙和办公桌之间，一个人背靠着墙，另一个人背靠着办公桌，就这样，我和曹志高脚抵脚，半坐半躺在一个被筒里，继续闲聊。聊着聊着，曹志高透露了一个信息："哎，你听说了吗？公司要开拓国际航运业务，派一艘油轮出海，跑新加坡、印尼、马来西亚一带国家的运输生意。"

"有这等事？"我的心蓦地在胸腔里加快了跳动的速度。因为我想起了谢宛儿，谢宛儿不是去了南洋吗？南洋不就是这些国家吗？我突然明白为什么想起金果不再伤感，内心深处早已李代桃僵，有了新的情绪波动的密码。"我，我可以去吗？"

曹志高盯了我一眼："出海有什么好？一去个把月漂在海上，枯燥得很。"

"可是，可是……"我急得头上冒汗，好不容易把谢宛儿藏在心里，没有暴露出来。

"你别急，很快就会下通知，想去的人可以报名。当然，可能要筛选一下。"

"你一定要帮帮我！"

我的眼前打开了一扇新的窗口，曹志高的信息让我久已熄灭的对谢宛儿的梦想又燃烧起来。这个希望虽然渺茫，但是到南洋去，毕竟是一个机会，

也许凭着冥冥之中的灵感，我能找到谢宛儿。再者说，到一艘新的海上油轮去，让我看到了一种新生活开始的可能。长江 2057 号上的生活实在让我太憋屈了，我需要换一个环境呼吸一下新鲜的空气。

带着对新生活的憧憬，我迷迷糊糊地睡着了。

出海油轮班底不久就组建起来。但我的报名却没有得到批准。我又一次进城去找曹志高，向他探讨我该采取什么步骤才能达成调船的目的。在东九的交通车上，我碰到了船队林队长，向他做出了改善关系的姿态。

那天我最后一个上车，随意找了个座位坐下，发现前面隔着一排，林队长独自坐在一张双人座上。林队长给人们的印象较为严肃，不爱说话，在这下班回家的交通车上没有人凑上前去打扰他。

天色阴沉沉的，马上要下雨了。我的心怦怦跳，有一种主动与陌生人说话前的紧张与慌乱。因为我很少与上级打交道，不多的经验都是些痛苦的记忆。我鼓足勇气，挪到他的座位旁，声音干巴巴地叫了一声："林队长！"

林队长神情意外地瞥了我一眼，带着一种警惕的姿态。为了镇静情绪，我掏出烟来，敬了林队长一支。林队长犹豫片刻，接过了香烟。

淡淡的烟雾弥漫在我们之间。当人们并排而坐的时候，这种空间位置上的感觉潜移默化地影响到心理，较为容易产生亲近和一致的氛围。一支烟吸到一半，林队长的身姿不再是僵硬的，我的感觉也好起来。当我向他表示我对船队、对任何人都没有敌意，相反很愿意为船队效劳后，谈话气氛变得友好起来，林队长显出一种和蔼可亲的长者风度。他说："你在长江 2057 号究竟怎么回事？船上反映你表现不好。"

我心平气和地说："那么我究竟有哪些缺点呢？我很想了解自己错在哪里？"

林队长说："你其实是个聪明人，但是有些事情又糊涂得很。没有人比你更不会生活了。"

"我承认我有缺点，但是我不坏，更不是坏人。"林队长点头同意，他甚至告诉我说，那回马军交代我给他买馒头，政工组的人以包庇罪抓了我，而我并不怨恨马军，是他让政工组的人放了我。听了这话，我趁机提出调往出海油轮的请求。

林队长说："这么说，长江 2057 号你待不下去了？"

我说："您让我调吧，换条船，也许我能重新开始，和大家处好关系。"

林队长说："这个问题不大。关键是你要想好喔，开弓没有回头箭，海上的风浪大得很呢！"

雨不知何时潇潇而下。汽车行驶到小营，我看见暮色从车窗外的山林里升起来，那些黑色的树木被雨水淋着，好像涨大了，粗壮了。夜幕慢慢合围，就着对面驶来汽车的灯光，我看见林队长的眼睑松弛，紧张与戒备的神情荡然无存，我们之间那种敌意好像一层坚硬的冰壳，喊哩咔嚓地垮下来。

林队长掏出烟来，递给我一支。我擦燃了一支火柴。火柴一亮，照见车窗玻璃上斑斑点点的雨珠。在一片漆黑的背景下，被火光照亮的雨珠显得格外醒目。它们反射出晶亮的光芒，一大颗、一大颗地凝结在窗玻璃上，好像盈满眼眶欲落未落的清泪。这种景象令我心头一阵惊悸，宛如内心世界被谁窥破了。

在我看来是极其困难而又麻烦的人事调动，在林队长那里只是一句话的事情。这次交通车上与林队长的谈话是积极而富有成果的。因为下个航次回到南京，我就接到了一纸调令：兹派杨光前往大庆 406 轮报到。

大庆 406 轮就是即将出海的油轮。它将载着我游弋在南洋，去寻找谢宛儿的芳踪。它是公司最早引进的一条外国油轮，船上有讲究的生活设施。舯楼上甚至有一个钢琴间，可惜钢琴早被长航总局文工团搬走了，如今换成一张乒乓球台。船员两个人一舱，舱内有书桌，有洗脸池，有席梦思床垫，还

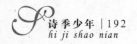
有床头灯。床头灯非常精美，灯管装在离床面一尺高的舱壁上，藏在一个装潢考究的圆柱状暗盒内，暗盒的小门可以开合自如。围床一周是天鹅绒的夹层幕帘，内层是黑色，外层是红色，吊在天花顶上装了滚珠的轨道里……出海的大庆 406 轮与长江 2057 号比较起来，物质条件的改善使人产生一种步入天堂一般的幻觉。

说来可笑，号称水手的我直到此前竟然没有见过大海。虽然江阴鹅鼻嘴以下江面宽阔，两岸望不到边，接近吴淞口已然宛如海洋一般。但是，浑黄的江水提醒我这里还是江，并不是海。每回长江 2057 号从浩渺的吴淞口蜇进狭窄的黄浦江，我都要慨叹：什么时候才能真正地将船开进海里去，让我看一看蔚蓝的大海呢？

大庆 406 轮开启了我的出海处女航，我终于有机会亲眼去看长江汇入大海。当船驶出吴淞口，我一直注视着水面的变化，江水滔滔，一派泥沙俱下的浑浊，一点儿看不出海的气象。我站在舯楼甲板上，迎着猎猎海风，像一名瞭望的水兵，直到被海风吹得浑身冰凉。

想要加一件衣裳，我回到船舱里暖和了一会儿。又怕错过了江海交接的时机，通过圆圆的舷窗向外瞥一眼，禁不住目瞪口呆。啊！展现在我面前的已是一片蔚蓝色的海洋……

海，并不总是蔚蓝的。它常常有许多种颜色。比如，阳光灿烂晴空万里，顺着风去看大海，它是草青色的，带点儿微黄。再比如，乌云翻滚天低云暗，失去太阳的白昼好像末日来临一般，这时大海是墨色的。真的，简直令人难以想象，通常以为"白色"的水，连成一片竟会变成墨色。

真正的令人销魂的蔚蓝色是不可多得的。正因为不可多得，诗人们才一遍遍地讴歌它。经过大海的洗礼，一个人的胸怀会不知不觉地涤荡干净，变得博大而豁朗。那些琐碎的卑微的思绪经不起海浪的冲刷淘洗，消失得无影无踪。我想：人的一生，苦也要吃，甜也要尝，什么样的滋味都要领略一番，经历一回，这样才算不负此生。

想起谢宛儿。她去南洋本质上也与我一样，是为了找寻一种新生活吧？找到了没有呢？如果我在南洋的某个国家出其不意地碰见了谢宛儿，那一定昭示着上苍赐予我们的缘分吧？与知道地址直奔目标而去相比，这种盲目的四处游荡的找寻也许更浪漫更富于激情。我相信，我与谢宛儿是有着共同气质的人，凭着骨子里的生命信息密码，我们今生终有相遇的一天。

想到前方要去的那个国家，谢宛儿可能就在那里，我的心鼓荡如同一只海鸥。满怀着期望与梦想，我走上船头，遥望海天相接的地方，看见一线晚霞像将要落下大幕的舞台底边，射出绛红色的光芒。